Para todos os amores errados

Clarissa Corrêa

Para todos os amores errados

4ª edição
2ª reimpressão

Copyright © 2012 Clarissa Corrêa
Copyright © 2012 Editora Gutenberg

Todos os direitos reservados pela Editora Gutenberg. Nenhuma parte desta publicação poderá ser reproduzida, seja por meios mecânicos, eletrônicos, seja via cópia xerográfica, sem a autorização prévia da Editora.

EDITORA
Silvia Tocci Masini

EDITORAS ASSISTENTES
Carol Christo
Nilce Xavier

ASSISTENTE EDITORIAL
Andresa Vidal Branco

CAPA E PROJETO GRÁFICO
Taise Kodama
(Sobre imagem de Glauco Arnt/
biscoitos da Cucina Felice!
de Muriel Goldoni Rossi)

FOTO DA ORELHA
Pedro Karg

MANIPULADOR DE IMAGENS
Luis Fernando Peters

REVISÃO
Fernanda Rizzo Sanches

DIAGRAMAÇÃO
Christiane Morais de Oliveira

Dados Internacionais de Catalogação na Publicação (CIP)
Câmara Brasileira do Livro, SP, Brasil

Corrêa, Clarissa
 Para todos os amores errados / Clarissa Corrêa. – 4. ed.;
2. reimp. – Belo Horizonte : Editora Gutenberg, 2017.

 ISBN 978-85-65383-16-5

 1. Ficção brasileira 2. Crônicas I. Título.

12-03283   CDD-869.93

Índices para catálogo sistemático:
1. Ficção : Literatura brasileira   869.93

A **GUTENBERG** É UMA EDITORA DO **GRUPO AUTÊNTICA**

São Paulo
Av. Paulista, 2.073,
Conjunto Nacional, Horsa I
23º andar . Conj. 2301 .
Cerqueira César . 01311-940
São Paulo . SP
Tel.: (55 11) 3034 4468

Belo Horizonte
Rua Carlos Turner, 420
Silveira . 31140-520
Belo Horizonte . MG
Tel.: (55 31) 3465 4500

Rio de Janeiro
Rua Debret, 23, sala 401
Centro . 20030-080
Rio de Janeiro . RJ
Tel.: (55 21) 3179 1975

www.editoragutenberg.com.br

Para Francisco, meu amor certo.

Agradecimentos

Dizem que devemos cuidar do que desejamos, pois nossos sonhos podem se tornar realidade. Eu, que adoro viver de sonho, descobri que a realidade pode ser bem melhor do que imaginamos. *Para todos os amores errados* nasceu de um sonho e se transformou em realidade devido ao trabalho em equipe. Uma equipe linda, diga-se de passagem. Dizer obrigada nunca é suficiente. Mas quero agradecer de verdade algumas pessoas que foram essenciais para o nascimento deste livro:

Ao Celso Chittolina e Glauco Arnt, do Estúdio Chittolina, pelo talento e pela parceria.

Ao Franco Rossi, por ter captado o espírito da coisa.

À Gabriela Nascimento, editora querida, que levou fé em cada vírgula minha.

Ao Luis Carlos Dias Pereira e a todo o pessoal da Technologica, pela amizade e pela força.

Ao meu amor Francisco Spiandorello, pela paciência e pelas dicas preciosas.

Aos meus pais, Clara e Paulo Silveira, por tudo.

À Muriel Goldoni Rossi, pela delicadeza e pelos biscoitos deliciosos.

Ao Pedro Bial, pelo carinho e pela simplicidade.

À Taise Kodama, que movimentou o mundo para fazer (com muito amor) um livro lindo.

A todos os que me apoiaram e engoliram minhas loucuras.

Obrigada, de coração. A frase, apesar de clichê, é pra lá de verdadeira.

13 Prefácio – *Pedro Bial*

15 A receita do amor
16 A urgência normalmente ferra tudo
17 Passando a limpo
18 Não existe guru do amor
20 O coração sempre nos passa a perna
22 Teu gosto em mim
23 A ferida que nunca fecha
25 O que ainda me faz chorar
27 Desejo
28 Planos imperfeitos
29 Palavras
32 Feridas que ainda não criaram casquinha
34 Não adianta mais tentar
35 No confessionário da vida real
36 Minha eterna crença
38 O elefantinho de pelúcia
40 Mensagem para você
41 Fica comigo
43 Céu azul

45	Ensinamentos inesquecíveis
47	A carta que nunca mandei
49	Quero que me ame do jeito que for
51	Fim de tarde
52	Para você
54	Desculpa qualquer coisa
57	Bagunça dentro de mim
59	*It's over*
60	Que se foda
62	O seu gostar não me convence
64	Às vezes fica difícil viver
66	Esconderijos
68	O outro lado da moeda
70	Saudade (imensa) de você
72	Lembranças que não vão embora
74	*The second chance*
76	Caminhando de mãos dadas com o passado
78	Cortando o amor pela raiz
80	É difícil não olhar para trás
82	Você é o meu carrossel
84	A (grande) verdade sobre os homens
87	Uma hora a ficha cai
91	A espiã
93	Eu, ele e ela
96	Saudade de mim
98	Carta para o dono dos olhos que contam histórias

102	O nosso filme
105	O último capítulo
108	Saindo à francesa
112	Vida em preto e branco
115	O filhinho da mamãe
117	Madagascar, a ilha do amor
119	Chega de palhaçada
122	Para sempre
125	Fechando os olhos para o que passou
127	Categorias masculinas
130	Olhares
131	O que eu não quero mais
133	Essas palavras são para você
136	Em outro planeta
139	Tantas lembranças
142	Eu não quero te esquecer
145	A volta dos que não foram
148	O que fazer com o que ficou
151	Perdi ele para a vida
154	Frases perdidas
156	Meu coração na contramão
158	A cartomante
160	De braços cruzados
162	A preguiça do recomeço
165	Sem retoques
167	A necessidade do pra sempre

Prefácio
Em nome do amor

Pedro Bial

Demorei muito para acreditar na mais louca e cruel verdade: quem gosta de você vai te tratar bem.
Clarissa Corrêa

Assim como o crime não compensa, penso no amor como se fosse uma crença.
Jorge Mautner

Não sou lá muito chegado a texto de blog, porém Clarissa Corrêa sacudiu minhas idiossincrasias, demonstração viva da máxima do Barão de Itararé: "toda generalização é precipitada, inclusive esta".

Não compro a ideia, tão disseminada nos dias de hoje, de que basta armar alguém com bisturi para fazer um médico. Não, não, chega de autoindulgência em praça pública, escrever não é biscoito. E, sim, talvez como boa consequência da quantidade de conversas jogadas fora no mundo virtual, aqui e ali brilha a qualidade.

Clarissa brilha. Sua palavra, migrada do mundo virtual para o sagrado papel, nos apresenta a uma profetisa de verdade, entre tantos adivinhões da hora, no deserto luxuriante chamado internet.

Ainda por cima, Clarissa é quase temerária: fala de amor, esse anacronismo. Fala de amor com clareza e despudor, baixando as calcinhas dos homens e mostrando a cueca das mulheres. Afinal, amor não tem sexo, por mais paradoxal que isso nos pareça.

Mais! Excêntrica, diz amar sua cruz, diz amar escrever. Honestidade sem conta-gotas.

E, que maravilha, ela escreve para ser compreendida, não quer apenas "se expressar". Clarissa comunica, certeira, e faz o difícil parecer fácil. Escreve como quem compartilha a merenda.

Mulheres podem aconchegar-se nos ombros de Clarissa, homens podem afinar a casca e viver a glória de emoções "mulherzinhas".

Confessional de megafone, Clarissa Corrêa é derramada e também contida, sem falsos dilemas, riscando a trajetória precisa de revisar os autos dos processos de amores errados, para revogar a sentença: o amor está sempre certo.

Rio de Janeiro, 31 de outubro de 2011

A receita do amor

Não quero que você me ache boba, mas não consigo desistir, juntar meus pertences, tirar meu avental e sair sem olhar para trás. Não é fácil amar. E não é fácil ser amado. Quem diz que tudo é muito simples nunca sofreu.

Já sofri muito. O amor não é uma receita que sempre dá certo. Ele pode desandar por mais que você use os ingredientes corretos. Você pode tomar todo o cuidado do mundo na hora de temperar, mas ele pode ficar sem sal, sem graça, sem gosto. Você pode se enganar e errar a mão na hora de colocar pimenta jamaicana. Ou pode colocar açúcar demais. Ou alecrim de menos. Ou pode deixar a forma cair no chão e destruir seu belo prato.

Muito acontece dentro da cozinha do coração. Tem coisa que parte, quebra, esmigalha, esfarela, engrossa, dá errado. Mas também tem muita coisa que dá certo. Dá gosto. Dá prazer. Dá alegria. Dá sabor. Tem que tentar e ver no que dá. E se der errado tem que tentar de novo, e de novo, e de novo. É assim que pessoas comuns se transformam em grandes *chefs*.

A urgência normalmente ferra tudo

Podíamos ter tido mais calma, ter ido mais devagar. Deveríamos ter segurado a onda e medido as palavras. Deveríamos ter tentado controlar a raiva para não magoar o outro. Nossos passos tinham que ter sido exatos, nossos tropeços eram para significar nada perto daquilo que estava começando a ser algo especial e único. Erramos feio. Falamos demais e agimos de menos. Magoamos demais e amamos de menos. Gritamos demais e fomos sensíveis de menos. Lutamos demais e nos entregamos de menos. Relutamos e tivemos medo demais e nos apaixonamos de menos. Tudo o que não era pra ser feito fizemos em dobro. E o que era pra ser, bem, ficamos no saldo devedor. No vermelho.

Fomos burros demais e inteligentes de menos.

Podíamos ter tido uma história linda. Mágica, pura, sem cobranças, cheia de respeito, livre, saudável e deliciosa como o barulho da chuva.

Era pra ter sido amor.
Pronto, falei.
Falei agora. Mas você vai se calar para sempre.

(Nada novo até aí.)

Passando a limpo

Vou passar a borracha agora e podemos voltar
para o começo.

Ponto de partida. Olhares que se cruzam.
Sorrisos sem jeito. Toque suave de mãos.
Perfume que exala. Expressões corporais.
O primeiro de uma série de beijos inesquecíveis.

Seu gosto. Suas mãos. Seu toque. Seu calor.
Abraços e abraços. Olhos fechados que depois
se abrem para contemplar a sua beleza.

Volta momento, volta.
Aqui estou. Pensamento positivo. Dedos cruzados.
Coração apertado.

Mas o momento não quer voltar.

Não existe guru do amor

Te conhecer foi a experiência mais incrível da minha vida. A situação mais constrangedora. O caso mais delicado. O romance mais proibido.

O romance virou quase-romance. O caso virou passado. A situação virou coisa nenhuma. Mas a experiência é eterna. Qualquer experiência, boa ou má, é válida. Experiências nos deixam experientes (nossa, sou um gênio!). Fortes. Seguros. Maduros. Prontos para outra. Prontos para sermos fracos, inseguros e imaturos novamente. Prontos para perdermos a cabeça, para não saber o que fazer, para sentir tudo rodar e doer.

Não tem jeito. Não há solução. Em termos de coração, somos eternos aprendizes e eternas crianças inocentes. É óbvio que as experiências vividas te dão uma certa bagagem, uma estrutura e um jogo de cintura. Mas quando pinta uma paixão (efêmera ou não), nós jogamos as malas no chão, nos desestruturamos e perdemos totalmente o rebolado. Ficamos míopes. Surdos. Não temos domínio sobre aquilo que nos consome. Queremos mais é sentir, viver, dar corda para nós mesmos. Se vamos acabar enforcados, pouco importa! Queremos mais é que tudo se exploda, precisamos investir no que sentimos.

As histórias não se repetem. Os amores não são os mesmos. Por isso que é sempre diferente. O diferente é novo, excitante, atraente, não foi vivido e é atrevido. Nos desafia e nos convida.

Então, aqui vai um conselho: experiências servem para muita coisa, mas não adiantam nada. Na hora do "pega pra capar" esquecemos tudo o que aprendemos. Ficamos burrinhos. Bobinhos. Mas é a melhor coisa do mundo: ficar burro, perdido, desnorteado. Em outro planeta. Esquecer tudo o que foi vivido e fazer tudo de novo. Recomeçar de outro jeito. Com outra pessoa, mas com a mesma intensidade. Sempre. Com gana. Com ânsia. Com vida. Sol. Luz. Mágica. Cor. Mar. Poesia. Chuva. Cachoeira. Grama. Areia.

Joga a experiência no lixo e coloca o manual no bolso. Fecha os olhos e apenas sente.

O coração sempre nos passa a perna

O coração é safado. Tonto demais. Bobo ao extremo. Ordinário pra caramba! Tenta nos enganar e fazer jogo. Jogo sujo. Dá golpes baixos. É chantagista. Da pior espécie. Quinta categoria. O coração tem vontade própria. Bem que tentamos manipulá-lo e lhe dar as coordenadas, mas o danado não nos obedece. Nos esforçamos para dar a melhor educação (poxa, nos empenhamos para isso!), mas o coração continua burro. Pateta.

O coração já bateu com a cabeça na parede, machucou e voltou seminovo. Já foi atropelado e voltou recuperado. Foi devolvido. Foi desejado. Acalentado. Benquisto. Amado. Aquecido. Iluminado. Enaltecido. Usado. Abusado. Colorido. Preto e branco. Xadrez.

Foi assassinado e ressurgiu das cinzas. Ele não aprendeu com os erros. Se entrega. Se dá. Já foi derrubado, espinafrado, estrangulado e esfaqueado. Vestido. Despido. Coberto. Descoberto. Feito de palhaço. Virou um bagaço. Partido. Quebrado. Despedaçado. Desmontado. Amassado. Remodelado. Colado. Costurado. Remendado. Tricotado. Bordado. Selado. Invadido. Possuído.

No coração cabe um e cabe um milhão. É grande. E pequeno. É um. São dois. É ignorante. Nobre. Vadio.

Puro. Doce. Terno. Forte. Frágil. Intenso. Imenso. Feito de algodão-doce. E chocolate. É molengo como gelatina e se derrete feito sorvete. Basta um sorriso. Um olhar. Um gesto. O coração morre. E renasce. Inventa. Aumenta. Esquenta. E ainda faz tum-tum, mesmo capenga.

Teu gosto em mim

Me beija. Me beija pela última vez. Pra eu poder levar o teu gosto comigo. Pra ter o que recordar. Sei que tudo acabou, mas eu queria te beijar mais uma vez. Preciso te sentir mais um instante, te tocar, te amar. Pra deixar aquela saudade. Pra te deixar com vontade. Vontade de deixar meu gosto contigo. Pra você ter o que recordar. Me beija, vai. Beija de verdade. Beija pra valer. Beijo eterno. Beijo selvagem. Beijo suave. Beijo saudoso. Beijo malicioso. Beijo escandaloso. Me beija pela última vez. Mas me beija e sai correndo. Vai embora logo. Vai, antes que o passado passe diante dos nossos olhos, como um filme antigo. Vai, antes que as recordações sejam fortes e tragam à tona os nossos velhos sentimentos. Vai, antes que façamos besteira. Vai, antes que percebamos que estar longe é brincadeira. Vai, antes que eu me desespere. E te diga o que não devo. Vai, sai correndo. Mas antes me beija. Me beija como nunca nos beijamos antes. O beijo do tchau. O beijo do adeus. Anda logo e cai fora antes que vire o beijo do recomeço, do volta pra mim, do ainda te quero. Beija, vou deixar a porta aberta. Beija e, antes que eu abra os olhos, sai por ali. E fecha a porta.

A ferida que nunca fecha

Sabe quando alguém te magoa lá bem fundo? Te coloca no chão e ainda pisa em cima? Te humilha, te fere e te machuca? Então, foi o que você fez. Pior do que isso, me deixou sozinha com minha dor e foi embora. Caminhou lentamente para o lado oposto. Sem chance. Sem volta. Sem arrependimento. E sem peso na consciência.

O que eu queria? Te dar o melhor de mim. O que você queria? Não sei.

Não entendemos a cabeça das pessoas e não conseguimos ler o coração dos outros, não temos esse "dom". Muitas vezes, temos certeza de que a pessoa sente tal coisa, apostamos nisso e erramos feio. Perdemos a aposta. Ficamos pobres. Endividados. Com quem? Conosco, com nosso coração. Pensamos que fomos estúpidos demais, românticos ao extremo e um pouco tolos por acreditarmos num romance-perfeito-de-filme-com-final-feliz.

E a pobreza? Viramos mendigos. Pedintes. Pobres mesmo. Pobres de afeto. E com receio de se entregar de novo, de cometer os mesmos deslizes, de amar, de tentar. Por um tempo, resolvemos que é melhor não amarmos nunca mais pra não cair e não sofrer. Decidimos parar até um outro alguém fazer com que o nosso coração bata mais forte.

Então, decidimos perder o medo, afinal, já estamos curados, com cicatrizes e com o coração todo remendado. Queremos (e devemos) viver uma outra história. Nova fase. Nova etapa.

Se vai dar certo? O tempo vai dizer. Pode ser que sim, pode ser que não. Pode ser que soframos, arranquemos os cabelos e cometamos os mesmos erros idiotas. Mas não importa.

Sabe por quê? Porque eu acredito no amor. A dor? Ah, a dor passa. Tem que passar. Só não podemos ser frios e ficar com o eterno-medo-de-amar-de-novo. Isso atrasa a vida e resseca a alma.

A propósito, te agradeço. Não por ter me magoado e ido embora como se nada tivesse acontecido, mas por ter me ensinado a ser mais forte. E menos tola.

O que ainda me faz chorar

Você foi a pessoa mais importante até hoje na minha vida. O beijo mais amoroso. O abraço mais sincero. O olhar mais terno. O quase amor mais verdadeiro. Uma pessoa que nunca esquecerei. Refiz alguns trechos, joguei algumas "culpas" fora e segui a minha vida.

Só que, volta e meia, você cutuca o meu ombro e diz que ainda está aí. Você foi único. Especial. Inesquecível. Você foi de verdade. Me belisquei, bati com a cabeça na parede (espera, não fiquei maluca!) e vi que, sim, você existiu.

Você e todo o seu conjunto. Você foi o meu martírio. Meu delírio. Meu sonho. Meu sucesso. Minha cachoeira. Meu picolé de chocolate. Foi delícia. Foi malícia. Foi a verdade verdadeira. Quem sacudiu meu coração. Quem me deu sorrisos iluminados. Você me embalava em seus braços. Foi loucura. Ternura.

Surgiu de mansinho, com simplicidade, passos leves e certeiros. Aos poucos e suavemente, tomou conta de mim. Encheu meu coração de vida, de esculturas, poesias, músicas e cor. Foi suave, ofuscou a minha consciência e, quando dei por mim, já estava envolvida no universo do encantamento. No seu universo. Na sua vida.

Você foi demais pra mim. Eu fui demais pra você. Não cutuque mais o meu ombro. Somos demais um pro outro.

Só quero dizer que, um dia, você foi tudo. Tudo de melhor que há em mim. E tudo de mais bonito que existe em você.

Desejo

Hoje eu quero...
Desmontar o quebra-cabeças da minha vida
Desmanchar as palavras cruzadas da minha existência
Descobrir o fim do arco-íris
Derrubar as paredes do meu coração
Me reinventar
Me redescobrir
Escutar as vozes da minha alma
Ouvir o que o silêncio me dirá
Me despir de preconceitos
Jogar no lixo regras e ilusões
Rabiscar num papel frases sem nexo
Desenhar rostos amigos
Escrever palavras doces
Misturar tintas diversas e ver no que dá
Deitar na grama e olhar para o céu em busca do infinito
Sentar na areia e apreciar a sinfonia das ondas
Fechar os olhos, sentir a brisa, o calor, e contemplar a imensidão do oceano
Sonhar acordada com algo que denominamos futuro
Mergulhar no universo da minha solidão
Hoje eu quero pelo menos um dia tentar te esquecer...
Me reinventar
E me redescobrir
Para, enfim, aprender a viver sem você.

Planos imperfeitos

Eu tinha planos para nós dois. Acho que comecei a planejar desde o momento em que te encontrei. A partir daí, sucessão de projetos de vida. A dois. Eu e você. E o mundo. Nós no mundo. O mundo dentro de nós. Um festival de variedades para a nossa vida somada a aspirações de um lindo futuro. Quem planeja pensa no dia de amanhã. Nos meses seguintes, nos anos que virão.

Durante a nossa caminhada, descobri que sentimentos também podem ter prazo de validade. Só que não está escrito. Ninguém faz o favor de te avisar. O prazo de validade é indeterminado. Mas nós sentimos. E lamentamos. E pensamos "maldito plano que criei". Encontros e desencontros ocorrem todos os dias: com a vida, pessoas e emoções. Nos encontramos e desencontramos com as nossas próprias emoções, tendo em vista que não temos poder e domínio sobre elas.

Saída? Viver. Sentir. E continuar planejando. A vida é isso aí: emoção e adrenalina. O sentimento passou do prazo de validade? Expirou? Ultrapassou? Findou? Tudo bem. Outros virão, com prazo longo, curto ou eterno.

Mas aviso: nunca o prazo de validade estará impresso. Tem que viver pra sentir. E saber.

Palavras

Mulher não tem critério; pode amar a vida inteira um vagabundo que não merece ou deixar de amar instantaneamente um sujeito devoto
Arnaldo Jabor

Concordo com Jabor no que se refere aos nossos critérios. Hein, critério? Não, não temos mesmo. Desconhecemos essa palavra. Nos deixamos levar pela intuição, instinto e *feeling*. Mas será que é verdade que adoramos um canalha sem noção? Já me apaixonei por muito vagabundo nesta vida, benza Deus! E já dispensei muitos caras bonzinhos. Sou da teoria do "tudo que é demais enjoa". Homem bonzinho demais é um saco. Aquele que está sempre sorrindo, é 24 horas por dia atencioso, tem paciência, é carinhoso, 100% meloso e, pra completar, lindo de viver. Acho um nojo, um pé no saco. Odeio homens grudentos. Os que acordam sorrindo, levam café na cama e ficam olhando embevecidos.

Odeio que fiquem em cima de mim todo o tempo. Beijos e abraços a todo o minuto. E declarações e afagos... ah, me deixa! Preciso de ar. De espaço. De tempo. Sou carinhosa e romântica. Claro que gosto de homens carinhosos e românticos. Mas cada um na sua, cada um com sua individualidade. E sem grude, por favor! Bonzinhos demais enjoam. Elogios demais me enjoam.

Na realidade, gosto de homem com cara de safado mesmo. Só cara, quero que isso fique super-registrado. O homem ideal, pra mim, teria cara de ordinário e seria bonzinho (na medida certa), sem ser 100% mel. Um pouco de limão faz bem pra saúde. Ainda não achei um exemplar assim. Todo vagabundo nos faz sofrer. Algumas mulheres adoram isso: quanto mais sofrem, mais rastejam, mais gamam, mais enlouquecem. O indivíduo pisa, humilha, maltrata, e lá estão elas abanando o rabinho e dando a pata. Já fiz isso também. Somente uma vez. Primeira e última. O cara em questão tinha cara de bonzinho, era gentil, educado e depois se revelou um grande babaca. Alguns enganam bem, fingem ao extremo. Mas a verdade sempre aparece... o problema é que, muitas vezes, descobrimos quando é tarde e já estamos envolvidas. Tudo bem, experiências serão eternamente válidas.

Voltando aos filhos da mãe, gostaria de entender esse fascínio que algumas mulheres têm pelos cafajestes. O cara é um zero à esquerda, paspalho, mané e ainda mexe com você? O negócio só pode ser físico, de pele. É impossível, pra quem é saudável e tem alguns parafusos no lugar, amar um cretino desses!

Acho que sei qual é o ponto-chave de tudo: as palavras. Os canalhas usam o melhor artifício que existe para conquistar e fisgar uma mulher: a fala. Elogios, galanteios, etc. Pode ser tudo falsidade, tudo da boca pra fora. Mas precisamos de palavras. Mulheres não vivem sem palavras. Respiramos palavras. Bonzinho elogia. Canalha te envolve. Bonzinho faz amor. Canalha te joga contra a parede.

Bonzinho leva flores. Canalha desliga o telefone na tua cara. Bonzinho chama de linda. Canalha, de gostosa. Bonzinho joga limpo. Canalha deixa em banho-maria. Bonzinho é honesto. Canalha diz tudo o que você quer ouvir.

    Toda mulher precisa se sentir desejada e paparicada. Canalhas são mestres na arte de seduzir uma mulher. Alguns bonzinhos deixam a desejar nesse sentido. As palavras exercem um alto poder sobre nós. Mas as palavras, a longo prazo, são somente palavras. O canalha te faz sentir amada e desejada, mas te arrasa. Um bonzinho jamais fará isso de propósito, de caso pensado. O vento leva as palavras, o tempo também. Por essa razão ainda prefiro as atitudes. Atitudes sinceras, afinal, mentiras sinceras nunca me interessaram.

Feridas que ainda não criaram casquinha

Não existe fórmula do amor. Não há plano, tampouco mágica. Nem manual. Nem nada. Não há um modo de manter pessoas conectadas, ligadas, em sintonia e apaixonadas. Um belo dia uma das partes pode simplesmente não querer mais. Ele não quis mais. Adeus. Tchau. Até qualquer dia. Te cuida.

Sonhos são guardados na bolsa, projetos são rasgados, CDs devolvidos e haja lenço de papel para enxugar as lágrimas que teimam em escorrer pelo rosto. Lágrimas quentes. Coração morno. E fraco. E dolorido. E cansado. E sofrido. E relutante.

Ele virou a página. Simples assim. Tchau, tchau. Pegou as coisas e foi andando. Nem sequer olhou pra trás. Cabeça erguida. Firme propósito. Direito dele. Naquela hora um grão de areia era maior do que você. E não daria para descrever tanta dor.

Quando uma pessoa simplesmente não nos quer mais, como jogar o sentimento no lixo? Não há saída. Nem com uma estratégia mirabolante ele voltará. Nem abrindo o coração e dizendo o que não foi dito ele vai parar, frear e olhar pra trás novamente. Cabeça erguida.

Como se vira a página dentro do coração? Cabeça, razão, mente: virem a página! Fácil. Coração, emoções, sentimentos: virem a página! Difícil. A tecla "deletar" parece que não funciona. Estragou. Rompeu. Partiu. Despedaçou. Mas a cabeça continua erguida. E hoje tudo o que eu quero é somente poder te olhar sem mágoa.

Não adianta mais tentar

E agora você volta. Nesse tempo eu me perdi, me achei, te procurei, desisti e me busquei. Nosso contrato foi desfeito, nosso pacto mudou do "pra sempre" pro "nunca mais". Foi assinado por mim e rubricado por você.

E agora você volta. Vem e rasura tudo. Rasga o acordo. Queima, pisa em cima e joga fora os pedaços. Diz que é inválido. "Esquece, aquilo foi loucura, meu bem."

E agora você volta com o sorriso cansado, os olhos cheios de promessas de futuro e a voz triste. Esperava o quê? Ser recebido com flores e vinho? Dizem que as pessoas só dão valor quando perdem. Diariamente enviamos sinais, passamos grande parte da vida sendo sutis ao esboçar o que nos fere. Jeito delicado de dizer "não faz assim, você está me magoando" ou "pensa bem, não jogue tudo fora agora".

Você não quis ver. E não estava a fim de procurar e captar os sinais. E agora você volta. E quer refazer aquele capítulo. Você está perdido. Sem rumo. E sem prumo. Eu não quero mais. Meu coração descobriu o que é viver sem sobressalto, sem medo, sem ciúme, sem ficar sempre esperando alguma coisa. Meu coração, finalmente, se perdeu de você.

No confessionário
da vida real

Preciso me confessar. Eu pequei. Não me dá 200 Ave-Marias pra rezar, nem me pede pra ajoelhar nos milhos (acho que não estou muito situada no tempo, isso é castigo de pai lá por volta de 1920). Também não estou por dentro da absolvição de pecados, mas o padre não te diz mais pra rezar mil Ave-Marias. O que importa é que eu pequei. E peco desde que me conheço por gente.

Vamos ao que importa, vou me confessar. Resolvi falar de mim e, consequentemente, abrir o meu coração. Dito isso, serei franca ao máximo. Clara como a água do Mariscal. Sou uma tremenda babaca. E ordinária. E nasci no ano errado (mundo errado?). E não entendo as pessoas. E não sei por que tenho que ter um coração. Tudo bem, até sei, se não fosse ele eu não viveria, mas ele me mata (contraditório, não?) e me deixa encurralada. Não tenho cérebro, tenho dois corações: um lá mesmo onde todo o ser humano tem (mesmo que não pareça, todo mundo tem) e outro no lugar do que era pra ser o cérebro.

É tão difícil viver assim! Mas eu sigo. E vivo do jeito que dá.

Minha eterna crença

Eu acredito no amor. De verdade. Mesmo. Pra valer. Mas adianta? O que vale a pena? Certo, tem um cara que é o máximo, lindo, querido, inteligente, honesto e cavalheiro, mas não te faz sentir n-a-d-a. Você até gosta dele, mas falta alguma coisa. Muitas coisas. Falta vida. Falta colorido. Falta amor. E fazemos o quê? Ficamos esperando que um lindíssimo e arrebatador romance aconteça ou ficamos com tudo que pra nós é meia-boca? Passamos a vida esperando um amor-hollywoodiano ou embarcamos num amor-paraguaio?

Essa minha mania de querer tudo ainda me mata. Mania estranha de achar que tudo tem que ser iluminado, coração tem que pular e você tem que querer de verdade a pessoa até o fim da vida. Ou até durar o sentimento (se é que terá fim).

Amor-paraguaio não tem emoção, é contrabando, minha gente! Dá cadeia. Xadrez. Sol nasce quadrado. Não é bonito, sincero, mágico. Não vem de dentro. Já o hollywoodiano, Nossa Senhora da Calçada da Fama! Falta o que dizer e sobra emoção. Quando o amor acontece não existem questionamentos, interrogações, inseguranças, conflitos, dúvidas. Quando o amor acontece os mistérios são desvendados. O amor te dá a certeza. Certeza de que você ama de olhos fechados. Te deixa segura, tranquila; você pega a mão do amado e o deixa te levar pra onde quiser. Isso ocorre porque quando o amor é real confiamos.

Eu vou continuar querendo tudo. Tudo, tudo. E tudo original. Quero ser livre, não consigo me ver atrás das grades. Sim, vou continuar sendo a babaca-romântica-ordinária. E seguir pecando.

Me perdoa. É que prefiro Hollywood do que o Paraguai.

O elefantinho de pelúcia

De recordação, ficou o elefantinho cinza de pelúcia. Aquele que comprei pra você em uma tarde qualquer. Com ele tem o seu sorriso, a falta do seu gosto e a camisa salmão. Ah, a camisa salmão!

De um minuto para o outro tudo muda. Em menos de uma semana as coisas se transformam. Numa noite, distraída, ao som de "Baby I Love Your Way", você chega e diz que me quer. Que me gosta. Que está se apaixonando. Que está envolvido. E que tem medo do que está sentindo por mim. E eu fico apatetada e sem palavras. Mas acho lindo. Acho você todo lindo. Eu, que falo pelos cotovelos e sempre tenho uma palavra na ponta da língua, fico muda. Mas feliz. Sinto exatamente o mesmo que você.

Quem gosta tem consideração. Respeito. Carinho. Cuidado. Quem gosta quer ver o outro bem. E tranquilo. E dá apoio. Quem gosta não tem medo de se expor, nem receio de parecer bobo.

E eu te gosto. Num minuto você estava ali e eu estava feliz. No minuto seguinte você...??? Peraí, o que houve com você? Sei que não sou perfeita, posso brincar em horas erradas (eterna síndrome de Peter Pan), posso ser impulsiva, cheia de manias, cabeça-dura, braba, etc. O etc. fica por conta de crises de TPM assustadoras, draminhas libriánísticos, esquisitices amorosas, chatice de querer tudo explicadinho e neurose do tipo I (preciso-falar-Tudo-o-que-eu-penso-agora) e do tipo II (preciso-conversar-sobre-o-que-me-incomoda-nesse-momento).

    Tudo bem, eu concordo com tudo isso. Meus defeitos são péssimos. E eu queria ter o corpo da Cicarelli. Mas eu sou exatamente assim: imperfeita (e sem corpo de Cicarelli, *sorry*). Mas estou apaixonada por você.

    E você...??? Você me deixou aqui. Com uma cara de paisagem cinza.

    Me perdoa, coração. Prometi que você não ia se ferrar mais uma vez. Eu não te menti, é que não sei fingir. Posso até tentar passar a perna em todo mundo (inclusive em mim), mas você sempre me pega. Tínhamos um acordo, mas estraguei tudo de novo.

    Perdoa, coração. Ai, ai. Nunca vou ser como você espera. Não consigo me comportar direitinho. Eu sinto, poxa! É feio sentir? Não. Feio é mentir. E fingir.

    Desculpa, estava numa conversa paralela com o meu coração.

    Parei na parte em que você me deixou aqui com cara de paisagem. Eu e o elefantinho de pelúcia cinza...

Mensagem para você

Não consigo aceitar que simplesmente não podemos ficar juntos. Quem disse? Por qual motivo conhecemos uma pessoa se não podemos ficar com ela? Será que é coisa do destino? São armadilhas e peças que a vida nos prega? Não sei. É estranho. Mas quero dizer que gosto de você. Quero você. Amo você. Adoro você. Desejo você. Torço por você. Tenho certeza de que não foi ilusão, aconteceu. Nós não sonhamos, aconteceu. Não estamos malucos, aconteceu. Eu aconteci na tua vida. E você aconteceu na minha. Estava escrito. Estava planejado. Estava marcado. Nossas vidas se cruzaram (encontraram?) com uma certeza: a descoberta do amor. Nós nos amamos e só. Só? Amar é muito. Mas não poder estar ao lado do amado é pouco. É nada. Posso dizer que te amo. De alguma forma sempre te amei. E dessa mesma forma vou te amar até o fim dos meus dias. Nossos planos? Realizaremos um dia. Aqui ou em outra ocasião. Amor de verdade não acaba. Ele nos acompanha por duas mil vidas. E é por isso que te espero. Não demora demais, estou com saudade.

Fica. Comigo

Se você quiser ir embora, pode ir. Vai mesmo, não tenho como te prender. Pelo que eu sei ainda não o inventaram uma forma de mantermos uma pessoa presa. Confesso que se existisse esse artifício eu não usaria de jeito nenhum. A pessoa tem que ficar porque quer. Porque nos quer. Porque nos deseja. Porque nos gosta. Porque nos admira. Porque nos respeita. Porque somos essenciais. E especiais. E mais um caminhão de coisas. A pessoa tem que ficar por todos os "porquês" do mundo.

Se você quiser ir embora, vai. Mas vai agora. Vai e avisa. Antes, por favor, tenha a decência de dar adeus. E esteja certo do que quer. E do que pretende. Quando o coração fica meio apertado passamos por algumas fases. A fase da dúvida, da tristeza, da angústia, da interrogação, da agitação e da raiva. Existe a fase da indiferença, mas não sei ser assim. Ou eu gosto ou não gosto. E eu falo, digo, falo de novo, grito, berro, xingo, choro, arranco os cabelos. Mas me expresso. Fugir? Não é pra mim.

Mas se você quiser fugir, a porta está aberta. Só me faça um favor: leva tudo o que possa me fazer querer você. Leva o que eu sinto. Leva as músicas que me fazem lembrar de você, leva meus pensamentos e leva uma parte do meu coração.

Já aviso de antemão: se você quiser ir embora terá que levar muita coisa. Espero que você seja forte. E que a sua mala seja grande. Mas espero mesmo que você não queira ir. Eu queria muito que você ficasse.

Céu azul

Procurei palavras bonitas para te escrever. Vasculhei dicionários, gavetas e gramáticas, mas não encontrei nada que pudesse dar uma definição exata do meu sentimento por você. Talvez isso tenha acontecido por você não ser exato. Tudo bem, eu também não sou. Me sinto levemente boba e ligeiramente perdida. É muito mais fácil quando temos domínio e controle sobre nossas emoções. Fácil, prático e seguro. O inusitado pode causar espanto e uma espécie de insegurança. Quando o que sentimos se torna mais poderoso que nós, parece que perdemos o foco. E ficamos com medo de errar.

Você me deixa vulnerável. E eu não gosto de me sentir assim. Mas eu gosto de gostar de você. E gosto da forma como você me fez gostar de você. E gosto de saber que você existe. E gosto de passar os dias existindo você. E gosto (mais ainda) de adormecer pensando em você. Repetição do verbo gostar, eu sei. É que te gosto ao cubo. Não vou falar das suas qualidades (lindo, lindo, lindo – por dentro, por fora, do avesso) e virtudes, pois acho que elas importam e contam, mas não são fundamentais. Os defeitos sim, estes fazem a diferença. Gosto dos seus defeitos.

Após procurar (sem sucesso) palavras bonitas para te escrever, descobri que o que existe de mais bonito para te oferecer não são palavras. E sim o que eu tenho de melhor (e pior) em mim. Procurei palavras, mas só consegui dar vazão ao que um peito receoso e cauteloso (talvez por já ter ficado cara a cara com o precipício) tinha a dizer.

Espero que você seja o céu azul.

Ensinamentos inesquecíveis

Jamais fique triste. O que eu posso te dizer nesse momento? Somente um "obrigada". Obrigada por me ensinar um bocado de coisas. Obrigada por ter ficado ao meu lado sempre, nos dias bons e ruins. Obrigada por nunca achar os meus sonhos bestas. Obrigada por acreditar nos meus sonhos bestas. Obrigada por me dar a mão (e segurar a minha mão. E não soltar a minha mão.). Obrigada por ter sido você, por ter feito surgir um "nós". Obrigada por existir. Jamais fique triste. Fica feliz.

Sabe por que insisto tanto nisso? Porque você me ensinou dessa forma. Aprendi a ver o lado bom das coisas não tão boas. Aprendi que nem tudo é tão ruim quanto parece. Que nenhum caminho é longo demais quando possuímos pernas e força de vontade. Muitos nos acharão loucos e poucos saberão o quão lindo é amar de verdade. Mas isso não importa. Justamente porque o mundo não importava. Nós não nos importávamos com isso. Era detalhe. Nenhuma distância é grande demais quando dois corações estão unidos por um sentimento nobre, único e realmente belo.

Será que só se sente uma vez? Não sei. Você sabe? As estrelas ficavam próximas. E eram nossas. Em especial, a que mais brilhasse no céu, essa era a minha. Pode apostar que eu sempre olho pra ela. Até nos dias chuvosos ou nublados eu me esforço na esperança de achá-la. Obrigada por ter me feito crescer. E ter me dito que é bom manter esse lado menina pra sempre. E obrigada por até hoje me fazer chorar. Deve ser muito triste viver sem emoções, sem sentimentos e sem ter tido um grande amor.

A carta que nunca mandei

Quero dizer que tenho pensado muito em você. E isso me deixa triste. Vou explicar melhor, de uma forma mais adequada: não é pensar em você que me entristece. Quando penso em você, penso em nós. E me dá um calor no peito. Meu coração fica aquecido. E esse calor sobe até a garganta. Me dá um aperto. E vontade de chorar. De vez em quando eu choro, mas não te preocupa, não é sempre. Sei que você detestava me ver chorando.

Sinto saudade de nós, já te falei isso. E sei que não podemos ficar juntos. Talvez seja isso que doa lá no fundo. Você foi muito especial e, certamente, uma das melhores pessoas que conheci na minha vida. Não existe ninguém mais divertido e puro neste mundo. Você sempre me entendeu. E me aceitou do jeito que eu sou: TPM, confusões, complicações, indecisões, pequenos-e-grandes-surtos, medo do escuro, medo de temporal, personalidade forte, etc. Você foi meu etc. E fomos felizes. Descobri que fomos felizes. Temos afinidades e somos parecidos. Você é o rei da gracinha. E das piadas sem graça. É o pior jogador de futebol do mundo.

Quando penso em você dou um sorriso. E, preciso dizer, queria muito que você estivesse aqui. Preciso dizer mais, você foi quem eu amei. Quem eu mais amei. Não há um dia sequer que eu não pense em você.

Obs.: essa é apenas uma das 36 cartas que escrevi e nunca mandei.

Quero que me ame do jeito que for

Ah, me perdoe. Sou insistente. Bato na mesma tecla. Faço repeteco com as palavras. De vez em quando perco o jeito e o rebolado. Mas quero insistir num assunto: atitude. Não se deixem levar por sorrisos brancos, olhares-quase-quase-verdadeiros e palavras-semissinceras. Sabem por que tudo isso? Porque nos estrepamos. A verdade é olho no olho, é agir, agir, agir. Agir pro outro, mostrar, abrir os braços, colocar no coração. Dar aquele colo que te encaixa no coração. Olhar e ver a alma. Sentir a alma. Sentir toques verdadeiros, crer na emoção. Agir é ter respeito, carinho, amor e consideração. Gestos. E não aquela carinha de cachorro sem dono, vira-lata e sarnento. Não aquele olhar "me perdoa pela cagada", sendo que a cagada ocorre com frequência. Pisar na bola e levar flores? Te magoar e depois marcar viagem pra Trancoso? Não. Tomar um goró e ligar dizendo que te ama?

Por favor, me ame sóbrio, de manhã, de tarde, de noite e de madrugada; com chuva, neve, sol e tempestade. Nos meus dias bons e nos meus dias chatos. Quando estou chata. Ame com sinceridade. Não me enrole.

Você somente me ama quando tem problemas ou precisa de ajuda? Ame sem problemas e, se eles surgirem, te ajudo, te empurro, te levo no colo, te empresto lenço de papel para enxugar as lágrimas e te deixo deitar na minha barriga. Te faço um cafuné. Mas me ame. De verdade. Não apenas fale, mas mostre.

One more time: atitudes valem mais do que duas mil palavras. E alguns olhares valem mais que quinhentas declarações de amor.

Fim de tarde

Fim de tarde. Friozinho. Filme na televisão. Juro, fazia muito tempo que não pensava em você. Eu andava enganando a emoção, distraindo o sentimento e passando a rasteira no coração. E juro que estava conseguindo. Estava orgulhosa de mim. Até esse bendito fim de tarde. Não, acho que foi o frio. Pensando bem, talvez tenha sido o filme. O que importa é que fui invadida por uma avalanche. O cara do filme tinha um sorriso igualzinho ao seu. Na realidade era parecido. Ninguém é igual a você. Você é único. E sem comparações. Perdoa pelo equívoco. Ele tinha um sorriso que lembrava o seu. Ficou melhor assim. Nesse minuto a avalanche me pegou. Que saudade de você! Será que dá pra voltar no tempo? Mais uma maluquice minha, não podemos voltar no tempo, sei disso. Mas eu queria. Eu quero. E não pode. Não foi o fim de tarde, nem o frio, nem o filme. Sou eu. Eu que tento me passar a perna. Fica mais fácil assim. Dá pra levar assim. É mais simples assim. Eu já disse que você é único? Vou repetir: ú-n-i-c-o. Ninguém chegou no lugar que você ocupou. E talvez ninguém chegue. Já valeu a pena por isso. Em todo o caso, se der pra voltar no tempo, liga pra mim.

Para você

Todo mundo quer alguém. E eu também. Mas eu não quero alguém-comum. Quero alguém diferente. Uma pessoa que goste de viajar. Goste de cachorros. Cinema. Que me traga chocolate quando eu estiver na TPM (e fora dela).

Não quero uma pessoa que me canse. Nem me dê muito trabalho, muito pelo contrário. Quero uma pessoa simples. Que seja fácil de se apaixonar. Que se dê bem com os meus amigos. Que goste dos dias ensolarados e das noites de luar. Que não se importe nem dê muito valor para os meus deslizes e loucuras diárias. Que tenha pequenos sonhos. Grandes sonhos. Que divida os sonhos. Alguém que não faça uso apenas de palavras e frases de efeito. Que tenha atitude. E personalidade. E seja inteligente. Que tenha o olhar sincero e o sorriso verdadeiro.

Quero alguém que não seja muito sério. Que seja divertido e saiba rir. Mas rir de verdade. Uma pessoa que não tenha a cara amarrada. Também não pode ser ciumento, mas tem que ter ciúme. Aquele ciuminho besta, mas que não faça cenas. Não quero alguém complicado. E estressado.

Quero alguém leve, com um lado colorido e que goste de beijar na chuva. E que me surpreenda. E que não goste de viver na rotina. Uma pessoa que mande flores. E escreva cartas. Ou poesias. Ou palavras soltas num guardanapo de papel de boteco. Que saiba que com o coração não se brinca, mas que brinque com os problemas que acontecem no dia a dia.

Que goste de champagne. E chopp. Que aprecie a culinária japonesa e goste de bar com bancos de madeira. Que goste do mar e do barulho que as ondas fazem. Que segure a minha mão nos filmes de suspense. E de terror. Que ature a minha mania de querer tudo pra ontem. E as minhas tantas outras manias esquisitas. Que goste de jazz. Que não goste de pagode. Que goste do John Mayer. E do Arnaldo Jabor. Que não ache idiota as comédias românticas. Que goste de romance. E de carinho. Mas que não seja grudento. Alguém que seja amoroso, mas que respeite meu espaço. E que não seja espaçoso.

Quero alguém que não ache vergonhoso chorar. E se sentir perdido. E que entenda meu sorriso-segurando-o-choro. E que não ache que é coisa de menininha uma mulher chorar. Alguém com coragem. Sem medo da vida. E sem medo de viver. Alguém que viva. E que saiba amar. Alguém que já tenha tido um amor. E que já tenha chorado por ele. Afinal, quero alguém que valorize os sentimentos.

Desculpa qualquer coisa

Desculpa qualquer coisa aí, é que as palavras são insignificantes. Então é assim? É essa a desculpa, eu falo o que dá na veneta, deixo o cidadão feliz/triste/pensando o que quiser e, quando me canso e quero os brinquedos de volta, digo que as palavras são insignificantes. Ah é, esqueci. Você entrou no clima! Verdade. Talvez essa seja a única verdade, não é mesmo? É, estou ironizando. E você sabe disso. É que meu peito está revirado e estou de um jeito que você nem sonha. Mas você sabe disso também.

Eu queria entender por que você fez isso. Não era justo, nem certo. Porque você sabia que eu já tinha me estrepado. E você foi tão, tão solidário e ficou tão do meu lado que pensei que você era sincero e que tivesse coração e que era franco e honesto, verdadeiro, e mais um monte de coisas, mais uma infinidade de outras tantas.

Você teve a cara-de-pau de dizer que, quando eu me envolvesse de verdade, ia saber do que você estava falando. O detalhe: isso foi num acesso de ciúme. Mas isso foi fingimento, né? Digo uma coisa: você sabe que me envolvi mesmo e eu não queria isso e não esperava por isso. Você disse que era melhor sermos amigos do que me iludir e me dizer pra esperar. Tem certeza?

O lance de entrar no clima foi uma forma de ilusão, porque você podia ter dito desde o começo. E não era pra ter entrado no clima, porque isso não vale no campo de sentimentos, sabia? Fazemos porque sentimos. E é justamente por isso que eu estou com tanta raiva da minha cara. E foi exatamente por esse motivo que senti como se tivesse levado um tapa na cara (estou decifrando seus pensamentos agora, humpft, dramática ela. Não estou sendo dramática, eu só sinto. E me expresso. E isso não é drama). Porque eu acreditei em tudo o que você disse. E acreditei mesmo. E me abri tanto pra você! E acreditei mais. E imaginei. E contei pra você. E me sentia tão bem, mas tão bem! E você, aquele seu lado, sabe? O lado que entrou no clima estava super em contato com o meu lado que leva a sério. O detalhe é que seu lado que entrou no clima é pequeno e minha parte que leva tudo a sério não é uma parte, sou eu. Completa. E inteira. E agora eu me sinto pequena demais, menor que os Smurfs. Porque eu sempre achei que a minha intuição funcionava e que eu não me enganava com as pessoas, apesar de já ter me enganado demais. Mas achei que não me enganaria com você. E todo mundo está querendo estar perto de mim (porque tenho andado meio distante e isolada do mundo e, não, isso nada tem a ver com você, coisa minha mesmo) e me abraçar, e estar ao lado. E eu só queria que você estivesse ao meu lado. E comigo. E aqui perto. Sem falar nada, mas perto. Junto. Nem sei por que queria isso, pois você nunca me levou a sério, não é mesmo?

 Diz, pode dizer que você ria da minha cara e das minhas monguices e que você sempre me achou uma babaca dramática. Sabe aquela música? Aquela que estava tocando quando você disse que estava apaixonado? Pois é, ela está tocando agora. Ontem ela estava tocando e eu tapei os ouvidos, não adiantou e desisti. Me abracei ao travesseiro, dei um suspiro e, quando vi, tinha uma coisa quente brotando no meu olho. É, sou super Maria do Bairro. Mas isso você também sabe. E aquela outra música? Aquela que você disse que é a preferida daquela uma? Então, prestei atenção na letra, eu não gostava muito dela, mas é bonita sim. E agora até gosto.

 Você se imagina com outras pessoas? Espera, vou explicar melhor. Existem pessoas que nos marcam e outras que nos atraem, certo? De vez em quando ocorre de imaginarmos essas outras pessoas. Junto, beijando. Sabe como é? Você faz isso? Pois bem, eu faço. E tem um monte de homem bonito aí com quem eu tive um affair ou que acho bonito, assim, só por achar. E eu fiquei me forçando a pensar em um monte deles. E visualizar algumas cenas. Eu e eles. Sabe o que aconteceu? Nada. Não dei a mínima. Toda a vez que eu tento isso vem você na minha cabeça, nem bate na porta, vai entrando, assim como o dono da casa, sabe? Sem apertar o interfone, nem nada. E a imagem que vem de você é aquela, daquela sua foto que eu acho linda. Que tem o desgraçado do sorriso lindo. Que tem você. E que, acredite, tem uma parte de mim.

Bagunça dentro de mim

 E eu fiquei até às 4 da manhã me sentindo um ovo de Páscoa, fechado, embrulhado, apertado, cheio de coisas dentro. Mas não eram bombons não. Era aquele troço amargo. No meu peito deu uma dor, aquela dor que dói mesmo. Com ela tinha um barulho. Sabe aquele barulho de maquininha de dentista? Tzzzz, exato, aquele de obturar dente. Incessante. Ovo de Páscoa e dor que aperta e tem som. Me xinguei de todos os nomes possíveis e, quando esgotou meu repertório, passei a inventar palavras estranhas. Chorei até desidratar e dormi. Estava cansada ontem.
 Na realidade, ontem era um dia em que eu precisava de colo, de uma mão. Estava me abrindo com você, mas você pareceu não entender. Eu contando uma coisa e você, volta e meia, mostrando outras. Não dando muita atenção pro assunto. Engraçado, pois lembrei que sempre te escutava. E não era nenhum esforço, eu gostava. E ontem, bem, ontem era um dia em que eu precisava de você, mas me dei mal. Mas me dei mal ao quadrado. Não te culpo. É um problema de aceitar as diferenças, de entender que nem todos reagem da mesma maneira.
 Eu escuto, tô ali 100% e não fico desviando assuntos e mostrando besteiras quando percebo que a pessoa precisa de conforto. E você ainda me acha frágil, é esse o mais bizarro

de tudo. Frágil, eu? Sinto, choro, faço drama, pergunto, penso e, de vez em quando, exagero. Mas você está errado, de frágil não tenho nada. Você sabe. Mil vezes, você sabe, não é? Mas eu sempre quero falar. E conversar. E pensar. E ser aquela chata, mala, insistente. Você fica triste quando eu fico? Acho que não.

 Hoje acordei chorando, mas não ouvi barulhinho de dentista, só os pássaros cantando. Não dei a menor bola pra eles. O dia está cinza, está esfriando e eu estou magoada com você. E meu rosto está igual ao do Shrek. Inchadão.

 Sua louca. É, bem doida mesmo. Aff, te avisei. Parece que gosta de se estapear. Pleft, toma, merece. Tinha muitas razões pra dar errado. E eu queria uma pra dar certo. Afinidade? Não, era mais do que isso. Mas eu devo ser neurótica, meio obsessiva e com um "quê" de algo ainda não definido pela Medicina. Ai, é burra mesmo! Logo eu, logo eu que sei como as coisas funcionam. Envolve, perde a razão. É assim, e eu sei. É assim, e todo mundo sabe. É por isso que não gosto de perder as rédeas da situação. Mas, ah, eu quero. Quero pagar pra ver, prefiro isso a escafeder e ficar sem saber se podia ter sido superbom ou ruim mesmo. E eu tenho uma vontade louca de fazer sei lá o que comigo agora. Me bater. Me sacudir. Me xingar. Me beliscar. E gritar mil vezes: sua idiota de uma figa! Levo tudo a sério, será?

 Mania de não abandonar a ingenuidade. Pé atrás, pé atrás. Sou macaca velha, mas fiquei com os dois pés sempre lá na frente.

It's over

Não pensa que fiquei contente em te ver chorando. Pelo contrário, senti aquela dor doída. E pena. Dó mesmo. Não gosto de te ver triste nem desiludido. Perdoa se usei palavras duras, não quis te magoar. E não queria te ferir. Me falta um pouco de tato, eu sei. Um dia você me deixou com o coração na mão e a alma desfigurada. Não estou te revidando, ao contrário do que você pensa não sou má nem vingativa. Eu te quis demais. Me apaixonei demais. Quis te cuidar, te roubar, te proteger dos males do mundo. E me senti bem quando você disse que existiu algum tipo de sentimento aí dentro. Mas é uma pena. Você fugiu na hora inadequada. Você falou, mas não demonstrou e isso acabou matando, pouco a pouco, tudo de lindo que eu sentia. Eu te quero bem. Te quero sorrindo. E quero, também, dizer que um dia (quando você saiu por ali) fiquei perdida. E, com o passar do tempo, me perdi de você.

Que se foda

Eu tenho tanto pra dizer pra você sobre o que sinto agora e realmente não sei por onde começar. Acho que ninguém gosta de expor suas fraquezas. Dizem que só damos valor para o que temos quando "perdemos" ou então só nos tocamos da importância da pessoa quando ela voa pra um lugar bem distante dos nossos olhos.

É difícil não pensar em você. Tudo isso é muito maluco, mas a vida é maluca e incerta, não é mesmo? Não dá pra querer buscar explicação correta e exata para os nossos mais profundos e concretos sentimentos. Sentimento não tem explicação. Ele surge. E te persegue.

Muitas vezes eu penso "que se foda", não quero mais saber. Não quero mais falar. Não quero mais pensar. Mas o "nunca mais" e o "nada mais" caem por terra e surge, no lugar deles, o sempre mais. Te quero e te gosto sempre mais. E que se foda.

Que se foda o mundo. Que se foda a falta de sentido. Que se foda a incerteza. Que se foda a maluquice.

Eu quis fechar a porta, mas quando fechava os olhos era você que vinha na minha mente. Eu quis fechar os olhos, mas sentia você batendo na porta do meu coração. Que se foda, não vou abrir! Mas você continuava ali, parado, feito estátua. E com aquele sorriso lindo. Que se foda, abri a porta.

Existem muitas razões pra você ficar comigo. Ao mesmo tempo, não há razão alguma. E somente uma: porque eu quero. Eu quero que você fique. Mas você parece não saber. Finge não saber. Ou talvez você não queira mesmo ficar. Mas eu quero e esse é um bom motivo. É o meu motivo. E que se foda o resto.

O seu gostar não me convence

"Eu gosto de você". Ah, é? Gosta? Não parece. Você gostava de mim na semana passada. E, com o gostar, surgiram (consciente e inconscientemente) alguns planos. Nós nos encontramos, nos beijamos, nos abraçamos, nos amamos. Nós nos encontramos e vemos no que dá. Nós nos encontramos e damos três pulinhos, e pensamos: "vai dar certo". Por quê? Porque nos gostamos. Epa, eu gosto de você.

Você gostava de mim na semana passada. E disse que me queria. Hoje você diz que só pode me oferecer a sua amizade. E mais nada. Eu sei que reviravoltas acontecem. Problemas surgem. Dúvidas e incertezas. Mas se eu gosto fico ao lado e ajudo a segurar a peteca. Ajudo a segurar a onda. Ajudo por ajudar. Ajudo só estando ao lado, calada. Às vezes tudo do que precisamos é alguém do lado, perto, dando a mão, olhando no fundo dos nossos olhos (com aquele sorriso que tem efeito calmante) e dizendo: "não te preocupa, tudo vai acabar bem".

E eu queria muito te ajudar. Porque te gosto. Mas você só pode me oferecer a sua amizade. Você, que até pouco tempo atrás estava num restaurante japonês e disse que queria que eu estivesse lá. Você, que disse que me queria. Você, que disse que eu era especial. Você, que estava apaixonado. Você... que não me quer ao seu lado.

Eu expus meus sentimentos em forma de palavras para você (palavras: conexão direta com o que vem do coração). E você fez o quê? Me chamou de dramática. Sim, sou dramática. Exagerada. Impulsiva. Inconstante. Mas te quero, porra! É difícil entender isso? Sim, é. Você quer ser meu amigo. Tudo bem, acho que você será um excelente amigo. Mas eu quero saber pra onde foi seu sentimento. E seu medo. Você, que tinha medo do que estava sentindo por mim. Você, que disse que estava com medo de se ferrar. Você... que agora quer que eu enfie meu sentimento num saco de lixo. E coloque ali fora para o lixeiro levar. Mas o lixeiro não vai querer levar meu sentimento. Porque ele não pode. E você? O que eu faço com você?

Por favor, não faça mau uso das palavras. Gosta? Por favor, goste de mim com problemas. Goste de mim sem problemas. Goste de mim confuso. Goste de mim perdido. Goste de mim agitado. Goste de mim transtornado. Goste de mim de qualquer jeito. Se vem do coração, por mais complicado que seja, te dou a mão. E te abro os braços. Mas se for tudo ilusão, tudo uma mentira deslavada, aí realmente é melhor você nem ser meu amigo. É melhor você rever os seus conceitos sobre o certo e o errado.

Nem sempre as coisas saem como esperamos, eu sei. Mas acho que o que move as pessoas é o sentimento. Problemão? Fato inesperado? Se gosta de mim, tenha a absoluta certeza de que estarei ao seu lado, pro que der e vier. Pelo menos nós tentamos. Pior vai ser deixarmos o tempo passar e bater o arrependimento. Por favor, pense bem antes de jogar parte de mim (parte sua?) no lixo.

De qualquer forma, você será para sempre a página de um livro bom. O final, bem, o final é com você.

Às vezes fica difícil viver

Eu te gostei todo o tempo e o tempo todo. E eu sinto agora uma dificuldade em respirar e seguir em frente, não sei o que será de mim se perder o que está aqui dentro. Não quero me desligar do que está me fazendo sorrir e, por vezes, querer chutar tudo pra bem longe. Não posso deixar você de lado, não posso fingir que não há nada. Que você nada é. E que você não mudou, de alguma forma, meu jeito de acordar.

Sinto que estive desligada e afastada de mim, por um breve, porém intenso, tempo. Acredite, você me faz ser muito melhor. E eu gosto do jeito que eu sou, da maneira estranha e meio doida que sou com você. Estive longe, afastada e no banco de trás, de olhos fechados e coração amarrado, preso, atado. Sinto que você está perto, longe de qualquer forma e perto de uma forma peculiar. Mas quem sou eu para te dizer o que é correto agora? Sou alguém para tentar te fazer sentar no banco da frente?

Preciso de você. Preciso de você de um jeito que nunca precisei de ninguém. E te desculpo. Não importa o que está ali, ao nosso lado. O que interessa é o que está vivendo aqui, acredite em mim. Este lugar é levemente frio, preciso que você segure a minha mão. E que me diga que ficará.

E que não importa o que aconteça, você permanecerá ao meu lado. Diga, por favor, diga.

Nós sabemos. Só nós sabemos o quanto eu preciso de você.

Se você estivesse aqui, você sabe, eu acreditaria e resistiria a qualquer tempestade. Eu te amo, mas isso você também sabe. Me ajude a respirar e a tentar entender o que não consigo visualizar.

Esconderijos

Entre um gole e outro ela se perdeu. Entre copos vazios ela vislumbrou algo indecifrável até então. Decidiu que iria resolver a vida (e todos os problemas do Brasil) naquela noite. Ligou pro cara errado. Fez tudo errado. Deu mais uns goles e ligou pra se desculpar do que disse. Não adiantou, já estava feito. Bebeu mais pra tentar achar uma solução, pra tentar ver algo certo no tudo errado que fez.

Decidiu, então, que não adiantava se desesperar. E encheu os copos vazios. Com eles, se encheu de algo chamado esperança. Então ela dormiu. Manhã seguinte. Mundo que gira. Pagodeira na cabeça. Dor na alma. Enjoo. Sensação de fiz-merda-muita-merda-que-bosta! Ressaca corporal. Ressaca mental. Ressaca moral. Banho quente. Café forte. Aspirina. Neosaldina. Todas as "inas" do planeta. Água. Cama.

Dor de cabeça que não passa. Dor no peito que não vai embora. Arrependimento que belisca a nuca. Por que ela bebeu? Por que ela não se controla? Por que ela liga pro cara errado (Aquele cara! Aquele jumento que não presta. Que faz sofrer. Que ela jurou nunca mais olhar na cara. Que faz parte da lista dos excluídos. Aquele que está no meio dos eu-juro-que-não-quero-mais-na-minha-vida)? Ela não sabe. E a Aspirina não faz efeito. Nem a Neosaldina. O melhor é tentar dormir. Zzzzzzzzzz. Ela consegue adormecer por alguns instantes e desperta. A dor ainda cutuca a cabeça. Mas ela levanta. Promete não beber nunca mais. Promete não ligar. Promete jogar o telefone dentro da piscina se a vontade apertar. E percebe que nem todos os dias são felizes, ainda bem.

O outro lado da moeda

Ele se sente um tanto derrotado. Do outro lado. Caindo. Rodopiando sem sair do lugar. Caminhando, correndo, cansando. E não chegando a nenhum lugar. Ele tenta abrir a boca pra contar o que está havendo, mas não consegue. Algo o impede. Até mesmo a preguiça. Dá trabalho demais dizer o que o faz andar em círculos e continuar parado. E ele quer ação. Quer sair do lugar, precisa disso. Vocês não notam? Está ali, na cara dele. Mas será que alguém olha mesmo pra cara dele? Além do bom-dia, boa-tarde, boa-noite, obrigado, com licença, por favor. Alguém se importa? Alguém pensa? Ele vê o passado passar, isso mesmo, passar, abanar, mostrar a língua e dizer tchau.

De alguma forma ele não quer jogar fora os velhos discos, reformar seu espaço interno e abrir as janelas. Ele gosta do velho, do antigo, do cheio de pó. Ele tosse, mas não se importa. Passa o dedo pelos móveis e se suja. Se arrasta pelo chão e se esfola. E pensa nos erros. Pega o verso da folha e escreve sobre sonhos.

Quais são os sonhos dele? Ele não sabe. Seu maior sonho é se livrar do vazio, que mais parece um encosto bem cheio do que um vazio propriamente dito. Ele nem sabe se ainda sonha. Só sabe usar umas frases feitas, citar alguns poetas famosos e fazer palavras-cruzadas (e a barba).

Ele nem sabe se compensa viver sozinho. Ele é antipático, não suporta sua própria companhia. Não tem paciência para conversar entre ele e ele. Papo a dois. Papo a dois que, na realidade, é um papo entre o eu-sonhador e o eu-pensante. Talvez ele tenha cansado de sonhar. De cair no chão, e não conseguir ter força nas pernas pra levantar e seguir andando pela rua. Talvez ele tenha cansado até mesmo de pensar. Pensamentos soltos. Meio perdidos. E a derrota segue dentro dele. Com ela, aquela foto sua. De uma manhã qualquer, num lugar qualquer, numa data qualquer. O problema é que ele sabe: você não é uma qualquer.

Saudade (imensa) de você

Ela pode. Pode ter o homem que quiser, pode ser quem quiser. Mas ela escolheu você, quer ser quem você deseja. Você parece não notar, mas ela está ao seu lado. Ela não se segura, não disfarça o que sente e não usa armaduras. Não consegue, não sabe nem quer ser diferente do que é.

Tem várias facetas, não tem medo e morre de medo. Não tem medo de sentir, mas está com medo do que sente por você e não sabe se o medo maior é do que vai no coração ou de que dê tudo certo. Medo de dar certo? Ela não é completamente normal. Nem anormal. Ela só é ela, com todos os seus cantos, esconderijos, degraus, pontes, abismos.

Nunca sentiu por ninguém o que sente por você, pois ela não vê graça em outras pessoas. Não esquece o seu rosto e não possui o menor interesse em outros seres humanos. Ninguém é como você. E ela sempre quis alguém como você. E você apareceu agora. E levou todos os sentidos dela.

É a sua boca que ela deseja, seu perfume que quer sentir, seu corpo que quer ao lado e você que ela quer provar. É por você que ela sente tesão. Ela sente falta de você. E de tudo que vocês não viveram (ainda). É você que a deixa feliz ou triste e, acredite, é muito fácil fazê-la feliz. Qualquer coisa a faz feliz. Você sabe, não sabe?

Você diz que não corresponde às expectativas dela. Mas ela não é megalomaníaca no quesito felicidade. Pequenos gestos, demonstrações e ações a deixam sorrindo. Creia, são coisas simples. Não é nada impossível, difícil ou complicado. Pense em como você gosta de ser tratado. Você gosta que ela goste de você? Você gosta de carinho? Ser bem tratado? Saber e sentir que ela é apaixonada por você? Você gosta do cuidado e da preocupação que ela tem por você? De como ela se importa com a sua vida? De saber que você está bem? Como ela quer ajudá-lo. E estar ao seu lado. E estar ali, pra dar uma força se, porventura, você deixar a peteca cair.

Se coloque no lugar dela, pelo menos uma vez. Ela está aí porque quer. Porque gosta do jeito que ela é com você. Porque gosta de você. Se não fosse por isso já teria ido embora. Mas não. Ela não quer ir pra outro lugar. Porque ela fica triste longe de você. O mundo fica esquisito e anda de uma forma devagar e lenta sem você. Por isso ela nunca quis que você pensasse em ir.

Ela gosta de música, dias bonitos, cachorros, brisa do mar, sol, frio, sentir o vento dançando nos cabelos, rir até a barriga doer, falar besteira, desenvolver "teorias" malucas, filmes, viajar, chocolate, arte, você. No meio disso tudo você sabe quem ela é e como se sente. Ela gosta do seu jeito manso e doce. Do seu lado carente e delicado. E da sua postura de homem firme. E tem ciúmes de você. Ela gosta das suas palavras carinhosas e do seu lado divertido. Do seu jeito infantil de não saber lidar com pequenos contratempos. De como você fica cheio de manha quando está doente. De você como um todo.

O que ela quer? Que você se abra. Que seja sempre você. E que sinta o mesmo que ela. Mais nada. E, quem sabe, qualquer dia ligar pra lhe dizer que sente saudade.

Lembranças que não vão embora

Lembra de alguns sonhos encaixotados? Do poder do recomeço. Da força que pensamos não existir até que a coisa aperta e nos tocamos que temos que continuar vivendo, custe o que custar. Do banho de cachoeira naquela cidadezinha do interior do interior onde só existem passarinhos e mato. Das noites de verão chuvosas que vocês ficavam jogando canastra. Do gosto daquela fruta esquisita que só tinha na casa da sua avó. Das balas que você ia comprar naquele armazém e que tinham gosto da infância. Do jogo de taco-bola naquele beco que de noite ficava muito escuro. Daquele menino (menina) que você gostou e que era o grande amor da sua vida. Dos mil amores da sua adolescência, pois toda a semana havia um novo amor. E um novo choro. Da primeira vez que você tomou um porre e vomitou no meio da rua. Daquele dia lindo em que ele (ela) apareceu e disse que você era a única pessoa que importava no mundo. Daquele dia horrível em que ele (ela) disse que você era a única pessoa que não importava no mundo. Daquele estranho que foi a pessoa mais atraente que você conheceu, mas vocês se olharam uma vez e ele desapareceu no horizonte. Daquele filme que você nunca mais esqueceu. Daquela cena que você não consegue tirar da cabeça. De um sorriso que você nunca verá igual. Do perfume que você não esquece. Da sensação de estar de mãos dadas com aquele alguém. E de sentir a areia fofa e quente no meio dos dedos dos pés. Daquela rua estreita que você andava de bicicleta ao entardecer. Do seu primeiro tombo. Da dor do joelho ralado. Da primeira vez que você sentiu seu coração parar, aquela sensação mágica e indescritível de gostar de alguém. Da segunda vez que você sentiu seu coração parar, aquela sensação dolorosa e indescritível de sofrer por alguém. Dos lenços de papel espalhados pelo chão do quarto. Do seu coração espalhado pelo chão da casa. Do copo cheio de lágrimas. Da alma cheia de cores e alegrias. Do frio na barriga. Do corpo trêmulo. Do gosto do amor. Da pessoa que fez seu universo se arrastar ou correr demais. Daquela dança no meio do bar vazio. Do conforto do colo da sua avó. Da torta de limão que sua tia-avó fazia. Do cheiro das folhas das árvores da sua cidade. Dos seus traumas. Dos seus medos. Dos seus planos. De quem você foi. De quem você queria ser. De quem você é. Daqueles instantes em que você ficou olhando para um ponto fixo sem pensar em nada. E pensando em tudo.

Lembra?

The second chance

Tudo bem, tudo bem. Eu sou romântica, inclusive pertenço ao rol dos megarromânticos, ultrarromânticos, românticos assumidos, últimos românticos, exageradamente românticos. Fui clara? Creio que sim.

Sou do tipo que gosta de fazer surpresas. Eu odeio surpresas, juro, detesto aquela coisa de uhu, vou aparecer na tua casa às 10 da manhã. Não, obrigada, nesse horário estou de pijama de bichinhos, meias e pantufas, descabelada e gosto de surpresas depois que acordei, tomei banho e me arrumei. Aí sim: me façam surpresas!

É muito legal acordar despenteada e com um carão e dar um superbeijo de bom-dia. E é mais "melhor de bom" quando, mesmo parecendo uma monstrinha, o cara diz que você é linda, maravilhosa, espetacular e a visão mais perfeita que ele podia ter. Só que temos de nos sentir à vontade pra isso, tem que rolar intimidade, cumplicidade e mais aquele bando de coisas que todo mundo está mais do que careca de saber.

Fugi do assunto, me perdoe. Ah, sim, eu dizia que era romântica e que adorava fazer surpresinhas. Pois então, adoro mesmo! Bilhete, ligar do nada, levar um presentinho, blá, blá, blá. Apesar de tudo, com todo esse mel e amor pra dar, vender e emprestar, não acredito em segunda chance.

Não mesmo! Dizemos que amamos. Mostramos que amamos. Nos dispomos a segurar qualquer barra e a embarcar em qualquer onda, mesmo sem saber nadar. E a pessoa nos manda catar coquinho? Aí, um belo dia, o bonitão se arrepende e diz que te quer. "Dá uma segunda chance?" Hein? Para tudo. Volta a fita. Segunda chance? E tudo o que eu quis, o que vivi, o que chorei, o tempo que eu fiquei na volta (que nem abelha em lata de refrigerante) e os pedidos de por favor, não faça isso?!? Hein?

E a porra do amor que você me mandou enfiar naquele lugar? Segunda chance? Vai pra puta que pariu! Mas vai e não volta! Ah, confuso? Pois sim, eu sou a pessoa mais confusa do mundo! Perturbado? Sim, também sou. E sou muito medrosa, morro de medo de um monte de coisa! E tenho medo de mim de vez em quando. E tenho medo da vida. Mas quando eu sinto, eu sinto. E vou lá. E, mesmo com medo de me ferrar, eu encaro, não saio correndo. Ok, até caminho mais rápido, mas não amarelo! Jamais. Fugir de sentimento? Isso é a maior burrice e tolice que existe. Sabe por quê? Depois nos arrependemos. Sofremos. Ficamos magoados. E pedimos: por favor, me dá uma segunda chance?

Caminhando de mãos dadas com o passado

Sei que você tem um lado, hãn, um lado bom. Mas você é desmemoriado. "Esquece o que passou, meu bem, toma, não quero isso" (tira a aliança do dedo e está resolvido). Você se esqueceu dos detalhes, não é mesmo? Não dá pra entender todo o filme se só assistimos o último pedacinho. O desenrolar do enredo se torna demasiadamente difícil de ser compreendido.

Você fez a sua escolha. Quis aquela mulher, não foi? Pois fique com ela, e eu digo isso despida de rancor ou dor de cotovelo. Digo isso sem sentimento, aliás, vou colocar um reparo aí: tenho sentimento, mas não é por você. Não mais. E é isso que te incomoda. Só que eu já tive sentimento por você. Lembra o que me mandou fazer com ele? Pois eu lembro. Por isso você é desmemoriado. E biruta. E você está acabado, o que ela fez com você? Não vou entrar nesse mérito. Nós dois sabemos que você não é comediante, portanto coloca a aliança no dedinho, pega a mochilinha e sai de fininho antes que comecemos a brigar.

Passei pela síndrome da mulher trocada há algum tempo. Me perguntei o que ela tinha que eu não possuía. Período nebuloso que todas as mulheres já devem ter vivido algum dia. Perturbação mental de o-que-ela-tem-que-eu-não-tenho-pelo-amor-de-Deus-me-diz. Juro que até hoje não descobri. Ju-ro. Mas ela é uma pessoa bacana e te dá estabilidade emocional. É uma mocreia, e girafa, e corcunda, mas até que é simpática.

Então você veio. Veio como da primeira vez, como se tudo ainda existisse e como se o relógio não tivesse andado. Coloca as promessas no bolso, não preciso delas. E não quero entrar nessa novamente. Você diz que mudou. Concordo em gênero, número e grau. Você está diferente. E abriu o coração. E me deu explicações. E as respostas que, um dia, eu tanto procurei embaixo do tapete, em cada canto. E motivos. E me propôs acordos. E planos. E sonhos. E rimos. E choramos. E cantamos.

Pra mim foi ótimo, de verdade. Foi bom pra você? Sei que não. Mas pra mim foi, precisava te dizer muitas coisas e, confesso, meu ego necessitava ouvir todas as suas palavras e confissões. Só que eu também mudei. Você disse que não se enxerga mais nos meus olhos e que não fico mais nervosa, mexendo na corrente e no brinco perto de você.

Quer aquela de volta, mas aquela não existe mais. Eu quis um dia esse cara que você foi agora de volta. E esperei sentada. Até que eu cansei. Você se atrasou, chegou tarde, demorou. Você estava confuso? Mas foi você que acabou matando "aquela" que quer de volta. Não veio ao velório, não compareceu à missa de sétimo dia, mas resolveu dar as caras na de um ano. É tempo demais.

Então nós caminhamos de mãos dadas pelo passado e descobrimos que o jogo acabou. Pena que você ficou sozinho com as peças na mão.

Cortando o amor pela raiz

Então tá. Pega os utensílios de jardinagem: máquina de cortar grama, tesoura, aquele negócio (que não sei o nome) que serve para juntar as folhas secas, pá, vassoura e não esquece o saco de lixo. Lembra de tirar a porcaria da erva daninha e coloca tudo no saco. Leva lá pra fora e senta. Espera o lixeiro passar (e pegar). Assim dói menos, não é verdade? Vamos cortar o amor pela raiz. E pronto. Acabou. Foi-se.

Temos que ser racionais, uhum, assim ninguém fica com o coração partido. Nem eu, nem você. Assim nos protegemos. De quê mesmo? Ah, tá, de um provável sofrimento. Provável, eu disse. É, pode ser que dê tudo errado. Ou pode ser que dê tudo certo. A vida é um eterno pode ser. E só sabemos se tentamos. Se não, nunca saberemos. Funciona assim mesmo.

A porta está aberta e só entrando pra saber o que se encontra lá do outro lado. Mas nós estamos contando que vai dar certo, por que será? Porque sabemos que tem tudo pra dar. Também sabemos (surpresa!) que dando certo podemos sofrer. E muito. Existem coisas por trás de nós. Então temos que ser racionais. É assim. A razão diz pra apertar no stop. Chega disso, deixa pra lá, é melhor pra mim e pra você. Vamos evitar transtornos, chororôs, etc. Essa é a sua razão. A minha? Não tenho, desculpe. Você pensa. E pensa em tudo o que pode acontecer. E tem medo. E está sendo covarde. Não, não, você está sendo racional. É essa a palavra? E se eu for o grande amor da sua vida? E se você for o da minha? Nessa vida, tudo pode ser. E essa é uma hipótese. E se for? Nós nunca saberemos. Você não se permite. Se esconde. Se protege. E acha mais fácil assim. Pois eu não acho, tá legal? Prefiro amar, desamar, sofrer, sim, me quebrar mesmo, do que não entrar por aquela porta pra ver o que existe. Os racionais que me desculpem, ter coração é fundamental.

Procurei palavras racionais e práticas para te escrever, mas não encontrei. Isso é impossível pra mim. É um artigo distante. O amor é um artigo de luxo, coisa que o dinheiro não compra. E não se empresta, não se troca. Só se sente. Ele surge, e nós o agarramos se podemos. Se conseguimos suportar tudo o que pode vir com ele. Se o amor não tem fórmula, nem lógica, logo a razão é dispensável. Nesse ponto nós somos completamente diferentes. Você pensa. E eu só sinto.

É difícil não olhar para trás

Você está se sentindo um lixo. Verdadeiro lixão. Feia e uma baleia. Mas você é linda. E sabe disso. Seu espelho não mente. As pessoas também não. Você é linda. Tem um bom papo. Possui valores bem definidos. É inteligente. Sabe o que quer. Tem força na peruca. Supera obstáculos e, de quebra, é divertida. Engraçada. As pessoas te adoram. Ok, algumas te detestam. Mas o problema é delas.

Você se encontra submersa em pensamentos. Chove lá fora e está frio. Lareira acesa. Música no ar. O que te aquece no momento é o edredom e o vinho, além do fogo. Mais nada. E você se sente só. Aquela solidãozinha que cutuca lá no fundo. Seu coração aperta. Dá nó. Você está sem ele. Longe dele. A distância separa vocês dois. Distância. Quilômetros. Espaço. Quem sabe as almas? Você não tem certeza de nada, mas está certa de tudo. Você sabe o que sente. O que dói. O que não te deixa em paz. Mas você não está bem certa do desfecho, já que ele é resistente. E complicado. Você olha pro fogo e continua sem respostas. Se entupiu de chocolate e sabe que amanhã terá que correr, no mínimo, uma hora. Mas você não está nem aí. Nem aí para as calorias. Nem aí pra nada. E muito aí pra ele.

É sexta-feira e o telefone não para. E o celular não dá trégua. Amigos convidando para sair. Você está com preguiça. Ex também liga. Outro ex também. Parece que hoje é o dia das pessoas ligarem para você. O mundo resolveu te ligar. Menos ele. Qualquer um poderia convidá-la para sair (até mesmo o Matthew McConaughey) que você não aceitaria. No momento ninguém é melhor que ele. Mais lindo. Mais divertido. Mais meigo.

    E você se encontra na fila de espera. Com a senha na mão. Espera um sinal de fumaça. Um telefonema. Um telegrama. Uma carta. Um alô. Um sinal qualquer. Algo que faça seu coração se acalmar e seu pensamento parar de rodar e, enfim, sossegar.

    Você, que tem domínio de tudo. Você, que sabe a hora de arrepiar o cabelo e pular fora. Você, que está cansada. Você, que gosta de ter o controle. Você, que odeia se perder.

    Mas você se perdeu. E o pior de tudo é que nem se deu conta em que momento do caminho perdeu o mapa. Nem sabe se existia mesmo um mapa. E o pior de tudo é que você não se arrepende. Nem faria tudo diferente.

    Apesar de tudo, é gostoso gostar dele.

    Você está doida. Completamente.

Você é o meu carrossel

 Me lembrei de você. E doeu. Doeu tanto, mas tanto, mas tanto que faltam palavras para explicar. Por mais que eu tente te contar tudo o que vai aqui dentro, tenho certeza de que você jamais entenderia.
 Disfarço quase bem por fora, mas por dentro ainda estou em pedacinhos. Pedaços que você cortou. Era pra ser tão simples, o amor é simples, não é? E você desfez tudo como se eu nada fosse, como se a nossa história fosse passatempo, brincadeira.
 Estou ferida e não consigo pensar no seu nome. Fecho os olhos e vejo a sua imagem rodando, passando em um carrossel. Você sorri um sorriso vago e olha para o outro lado, onde não estou. Te procuro, tento te alcançar, tento encostar na sua mão e você nem olha para trás. Você abandonou o nosso futuro, nem deu adeus para o nosso presente.
 Queria te odiar, queria não te querer, queria te arrancar de dentro de mim. Mas não consigo, algo me prende ao amor que você nunca me deu. Podíamos ter tido um amor lindo. Eu podia ter te mostrado os encantos que a vida tem. Mas você fez meu mundo desencantar. Você assassinou meu sentimento.
 Eu era sua. Inteira. Estava na sua mão, você tinha controle sobre a minha vida, meus pensamentos, meus

desejos. E você nem ligou. Você nem se deu ao trabalho de me explicar os motivos.

Mulher cisma com o tal do motivo. Queremos saber o porquê disso, o porquê daquilo, não aceitamos um simples não ou simples sim. Precisamos divagar exaustivamente sobre tudo, perguntar disso e daquilo, juntar aqui com acolá. Inevitável. Mas eu tento não pensar, tento evitar, tento não te amar. Não funciona.

Sempre tem alguém pra me contar sobre você. E por mais que eu não queira saber, eu quero saber. Você entende? Ei, você entende mesmo? Eu quero e não quero. Isso me mata, acaba comigo, dilacera minha alma. Você está me fazendo morrer um pouco a cada dia. Mas você não se importa, não é mesmo? Me riscou da sua vida como um professor que dá zero para um aluno que não entende nada de álgebra. Eu não entendo nada de álgebra. Nem do amor. Bem que eu queria, queria, queria. Mas não entendo.

Você não podia ter ido embora. Não podia ter esquecido a nossa música, a nossa dança, o nosso roteiro de vida. Fiquei aqui com ele na mão. E sem você. A nossa música toca todo dia. E eu danço só.

Toda noite eu deito e peço para Deus para tirar você de dentro de mim. Parece que Ele não me ouve, parece que Ele me testa, parece que é uma provação. Não sei se consigo, não tenho mais onde me segurar, não sei mais para onde ir, a quem recorrer, a quem implorar, a quem dizer "por favor, me ajuda".

Tudo tem motivo, não é assim que a vida funciona? Tudo tem motivo. Por isso, me responde: por que eu ainda te amo? Por que, depois de tudo, você não sai daqui de dentro? Todo dia eu repito: preciso te esquecer. E todo dia você vem no carrossel com aquele sorriso danado de lindo e me lembra de que nunca vou conseguir te esquecer.

A (grande) verdade sobre os homens

Cansei desse papel de certinha. Agora eu quero extravasar e me revelar de verdade. Não quero mais brincar de esconde-esconde, fingir que não ligo se na verdade eu ligo, sim. E muito.

Chega disso. Acabou a farsa. Vem cá e vamos ser sinceros um com o outro. Certo? Certo. Então serve mais um gole, coloca mais uma pedrinha de gelo e sacode o copo daquele jeito que sempre achei um charme.

Fiquei puta com você. Fiquei p-u-t-a com você. Você é um filho da puta. De uma grande puta. De uma puta bem puta. Pronto, me acalmei. De vez em quando é bom falar um palavrão, colocar pra fora, vomitar, cuspir na cara. É essa a minha vontade agora: cuspir na sua cara. Encher você de tabefe. Xingar a sua mãe, a sua avó, toda a sua família.

Cansei de engolir tudo quieta. Uma hora os sapos começam a se remexer dentro do estômago. É feio brincar com os sentimentos de uma pessoa, sabia? Se você não quer, não queira. Se você me achou bonita e só quer me comer, por favor, seja franco. Sabe por quê? Eu também posso ter te achado bonito e querer dar pra você. Mas você fez tudo errado.

Nós nos conhecemos naquela noite. Você me lançou mil olhares misteriosos. Eu gostei. Você é cheiroso, tem um jeito que encanta, é sexy e me faz rir. Tem coisa melhor? Só queria um pouco de decência da sua parte, mas acho que era pedir demais. Fomos para sua casa, a noite foi incrível, no outro dia você me ligou. Pensei: se me ligou foi porque não me achou fácil. Desculpa, mas alguns homens são estranhos. Se transamos logo de cara já ficam com o pé atrás. É machismo, eu sei, mas acontece. Tem homem que quer mulher certinha, que só dá lá pelo quinto encontro. Mas eu estava louquinha por você e fui para sua casa. Nem pensei que você podia ser um psicopata, um sequestrador, um ladrão, um desses malucos que vemos no Law & Order ou no Jornal Nacional. Foi uma delícia. Você é uma delícia. E você foi uma delícia durante muito tempo. Rimos juntos, assistimos a filmes, conhecemos lugares incríveis, passamos noites alucinantes. Então, algo muito louco aconteceu: você sumiu.

 Liguei, deixei recado na secretária eletrônica. Nada aconteceu. Liguei de novo, deixei outro recado. Nada aconteceu. Pensei que você tivesse morrido, por isso fui até seu apartamento. O porteiro disse que você ainda não havia chegado. Ele está vivo, aleluia. Mandei e-mail. Mandei *direct message* no Twitter. Mandei torpedo. Liguei para o seu trabalho, você estava em reunião. Ele está vivo e respirando, aleluia. Liguei de novo. E me dei conta de que eu estava atrás de você feito uma chata que gruda no pé. Parei. E fiquei me perguntando: por que ele não dá sinal de vida? Fiz alguma coisa? Falei alguma coisa? Estava com bafo? Engordei?

 Fiz uma retrospectiva desde o momento em que nos conhecemos. Estava tudo bem. Você estava como nos outros dias. Tudo estava perfeitamente normal. A única diferença é que um dia te liguei e você não deu retorno. No outro dia, idem. E no outro também. Do nada. Sem motivo aparente. Escrevi um e-mail enorme. Relatei cada detalhe da nossa pseudorrelação. Passo a passo, coisinha por coisinha. Disse que não entendia o que tinha acontecido, pedi para você me explicar, afinal de contas, você me devia explicações. Tínhamos algo. Ou não tínhamos?

Nada. Nenhuma resposta. Pensei que a sua caixa de entrada podia estar cheia. Mas se estivesse cheia o e-mail teria voltado, certo? Certo. Então o que está havendo? Poxa vida, o que está havendo? Cadê você? Ei, cadê você? Porra, cadê você, filho da puta? Mandei outro e-mail. E dessa vez xinguei muito. E xinguei muito no Twitter. E xinguei muito no torpedo. E xinguei muito por todos os lugares. E falei que seu pau era pequeno para todas as minhas amigas na mesa do bar. E bebi o corpo. E tentei te esquecer.

Só que todo dia eu acordava pensando em você e nos motivos que te levaram a sumir da minha vida. Que falta de respeito. Que falta de consideração. Se eu fiz algo podia ter dito. Podia pelo menos ter conversado, ter dado tchau, ter se despedido direito. Mas preferiu sumir assim, feito poeira.

Chega disso. Acabou a farsa. Vem cá e vamos ser sinceros um com o outro. Certo? Certo. Não adianta procurar motivos ocultos. Não adianta revirar a caixinha de recordações em busca de uma explicação lógica. Certas coisas não têm explicação. Muito menos fundamento.

Preciso ser mais sincera e direta? Então vamos lá: tem homem que é cretino e não se importa com o que você sente. Ponto.

Uma hora a ficha cai

    Em outras palavras: não dá pra fazer papel de boba sempre.
    Ele me deu um pé na bunda. E doeu. Fiquei sem entender direito o motivo. Tudo parecia bem. Nós parecíamos bem. O mundo parecia um lugar bonito e seguro. Eu parecia bonita e segura. E, de repente, as coisas mudaram. Ficou um vazio grande no lugar dele. Ficou uma sensação de perda dentro de mim.
    Na hora em que o calo aperta e o coração quase derrete não adianta falar de tempo. Enfia o tempo no bolso e sai daqui. Não quero saber se o tempo cura, não quero ouvir que ele é o melhor remédio para todos os males. Não quero sair, não quero conhecer gente nova, não quero achar novo amor. Aproveita e enfia o novo amor no bolso também.
    Eu quero é ele. Ele, ele, ele. É que não tem ninguém igual. É que não vai ter sentimento igual. É que não vai ter outra pessoa que seja assim, tão única, tão perfeita, tão, tão... sabe? Não vai ter, eu sei. Eu sei e todo mundo sabe, não sei por qual motivo, razão ou circunstância ficam me enrolando e tentando me passar a perna com esse lance de o-que-é-seu-tá-guardado.
    Tenho certeza de que ele é a minha alma gêmea. Eu nunca acreditei nisso. Até conhecer aquele homem. Meu

Deus, ele é a metade da minha laranja. Por ele eu mataria e morreria. Por ele eu seria sempre melhor. Por ele eu seria até capaz de virar Amélia, a mulher de verdade. Por ele. Ele, que fez com que eu entendesse o amor. Ah, o amor. Aquele cretino. Aquele safado. Aquele ordinário. Aquele sem-vergonha que nos faz entregar o coração e acabar de mãos abanando e sangrando.

Nunca mais vou amar ninguém. Não quero. Não vou. E não adianta você voltar com aquela história do tempo. E não adianta querer me levar pra sair, pra conhecer gente, pra esfriar a cabeça. Não quero saber de toda aquela baboseira de cortar o cabelo, renovar o guarda-roupa, começar a malhar, frequentar novos lugares, mudar velhos hábitos, incrementar o dia a dia. Não quero saber de tudo aquilo que as mulheres fazem para tentar achar A Cura.

Não quero me curar. Quero beber todo dia uma vodca barata. Ou cara, depende do dia do mês. Quero beber e ficar sozinha. Prometo que não vou encher os ouvidos das amigas, das colegas de trabalho, dos amigos gays, da vizinha do andar de cima, da minha mãe. Prometo que nem vou buzinar nos ouvidos do terapeuta. Juro que me comporto. Fico eu, o pouco de sanidade que resta, o copo sempre cheio de vodca, algumas lágrimas e um punhado de recordações. Quero isso. Quero a depressão. Quero a fossa. Quero me acabar. Quero ficar arrasada para sempre. Quero ficar pensando nele o dia todo. Recordando cada momento que passamos juntos. Não quero saber de me entupir de chocolate e carboidratos. Vou fazer greve de fome até morrer. E antes vou deixar um bilhete: morri, seu idiota. Morri.

Acho que agora estou entrando naquela fase da raiva. Aquela em que imaginamos o cara de terno e gravata fazendo cocô. Aquela em que começamos a pegar nojinho.

Aquela em que usamos todos os palavrões para definir o infeliz. Aquela em que saímos da fase da música de corno para cantar bem alto "I'm Every Woman" de braços abertos, abraçando o infinito, até ficarmos roucas e loucas.

Guardei as fotos em uma caixa e a escondi no fundo do armário. Melhor deixar longe. Melhor não ver. Melhor parar de fuçar no Facebook. Melhor deixar de seguir no Twitter. Melhor deletar o telefone do meu celular. Melhor não dar uma espiada na vida da ex. Não quero mais saber o que ele come, se sente frio, se reatou com a antiga namorada, se continua lindo de morrer, se acabou comprando aquele tênis que eu disse que combinava com ele. Não quero saber de nada disso. Quero virar autista e fingir que ele nunca existiu. Assim sofro menos. Assim vivo mais.

Hoje eu reparei que as olheiras diminuíram. E que deixei de chorar. Estou mais corada. Menos pálida. Mais bonita. Uma beleza melancólica. Tem um pouco de tristeza nos meus olhos. Mas vou me maquiar. Senti vontade de me arrumar. Pra mim. Para meu espelho. Pra me animar. Uma amiga me convidou pra um happy hour. Vou. Uns caras me olharam, me senti mais mulher, me senti bem. Quase não me lembrei dele.

Estou trabalhando bastante. É bom ocupar a cabeça. Parei um pouco de beber. Arrumei minhas gavetas. Joguei umas coisas fora. Decidi limpar as coisas por aqui. Acendi um incenso. Dancei sozinha na sala. Ri. Fui à padaria. Comprei pão francês e queijo *cottage*. Decidi dar uma volta no Ibirapuera. O dia está tão lindo. Encontrei uma velha conhecida. Conversamos. Marcamos um sushi para o dia seguinte.

Fui jantar com a velha conhecida. Me diverti. Voltei pra casa, assisti a um filme bobo, me lembrei dele, chorei, sequei as lágrimas e me perguntei: por que estou chorando? Entrei no Facebook e vi uma foto dele com uma mulher peituda. Chorei mais. Dormi chateada e pensei: isso-nunca-vai-passar.

Comecei a caminhar todos os dias pela manhã. É melhor, vou para o trabalho com mais ânimo. Um cara bem interessante caminha por lá também. Não usa aliança, está sempre sozinho, ouvindo música e com o olhar longe. Parece eu.

Me distraí. Esbarrei no cara. Ele se desculpou e sorriu. Nossa, que sorriso bem lindo. Senti uma coisinha no peito. Sorri de volta e segui andando. Na outra volta o encontrei de novo, e ele sorriu mais uma vez. Para, vou morrer aqui. Na outra volta eu já estava cansada, mas ansiosa por aquele sorriso. Ele sorriu. Me derreti. Parecia uma abobada. Voltei pra casa.

No outro dia acordei feliz da vida, o cara sorridente ia estar lá de novo. E estava. E sorriu. E sorri. E ficamos nessa por uma semana. Até que ele pediu meu telefone, eu dei e ele me ligou. Quer ir ao teatro comigo? Quero. Enquanto eu me arrumava ele me ligou. Ele, que me deu um pé na bunda. Não atendi. Sorri. E tentei lembrar a última vez que me lembrei dele. Não consegui.

Talvez eu volte a acreditar no amor de novo. Talvez eu nunca mais sofra. Talvez. A vida é cheia de "talvez", mas uma coisa é certa: o tempo ajuda. E não adianta você dizer que não e tentar lutar contra isso.

A espiã

Foi suave. E aos poucos. Foi suave, e aos poucos, e diferente. Cheguei de mansinho, não sabia direito se ia pisar em uma areia movediça. Você me respondeu com um sorriso cheio de ternura. A felicidade começou a aparecer dentro de mim. Uma mistura de excitação, sonho, terror e ansiedade.

Pouco a pouco tomei conta de você. E era bom. Eu passava a madrugada acordada pensando no seu rosto. É tão boa a sensação de estar apaixonado. Nos deixa fora de órbita. A vida parece uma grande ilusão. Tudo fica mágico. Intenso.

Meu celular vibrou. E algo dentro de mim também. Uma mensagem sua dizia que me queria para sempre. Acreditei. Senti vontade de sair correndo sem rumo. Ir para os seus braços. Ir para o futuro. Lá, lá mesmo. Futuro. Eu, você e nossas músicas. Paredes coloridas, almofadas fofas, cheiro bom e travesseiros de fronhas brancas.

Ah, você. Tão ingênuo e cheio de si. Um olhar firme que tenta esconder a insegurança que vez ou outra tenta se sobressair. E eu cuidava de você, dos seus medos, das suas neuras, das suas paranoias e de tudo que te fazia sofrer. Esquecia de mim. Dos meus gostos, dos meus sonhos, do meu jeito de ser.

Algumas paixões fazem com que a gente mude. Deixe de usar decote e unha vermelha. Deixe de falar palavrão e gargalhar. Deixe de ser quem é. Algumas paixões fazem com que a gente se perca de si mesmo. Mas nada disso eu vi. Chegou o grande dia. É que toda paixão tem um grande dia. O Grande Dia De Sofrer. Funciona mais ou menos assim: tudo vai bem até a hora que deixa de ir. Então, ele fala alguma coisa ou faz algo que te dói fundo. E você sofre mais que uma cachorra de rua.

Na hora eu nem me dei conta. Depois que o tempo passou coloquei os loirônios em ordem e percebi que toda paixão desce pelo ralo do banheiro, afinal, é paixão. Ela estraga, apodrece. Não resiste ao tempo. (Eu sei, sei que algumas paixões são boas e deixam um gosto de saudade na boca. Mas essa paixão quase me destruiu. Louca, louca, louca. Paixão-Shakira.)

Depois do Grande Dia De Sofrer, vieram Meses De Sofrimento. Virei PHD no assunto. E você, ah, você foi curtir a vida. Passou uma temporada na Europa, comprou um tríplex e um carro novo, casou e arrumou várias amantes. Primeiro, tentou compensar o vazio com coisas materiais. Depois, tentou amenizar a carência em muitas bocas.

Hoje estou aqui, de frente para o que ficou para trás. Olha, não foi nada fácil. Não foi fácil te superar. Não foi simples te tirar da minha vida. Doeu, como doeu. Mas não dói mais. Não dói nada, nadinha. E quer saber por qual motivo lembrei de você agora? Meu celular vibrou. E nada dentro de mim se mexeu ou modificou. É que hoje eu amo. E o amor não te deixa fora de órbita. Ele te coloca no eixo. Ele faz com que você se sinta à vontade dentro do próprio corpo. E faz com que goste ainda mais de ser quem é.

Eu, ele e ela

O conheci de um jeito muito diferente. Não posso relatar aqui os inúmeros e surpreendentes detalhes da nossa história, mas afirmo que foi coisa de novela do Manoel Carlos. Tudo bonito. Nós nos olhamos, conversamos, nos beijamos, nos encantamos. Depois que eu estava tremendamente apaixonada ele me disse que tinha namorada.

É lógico que eu fiquei arrasada. Mas é lógico que ele me contou que as coisas andavam meio frias, quase geladas, que estavam dando um tempo, patati patatá. Acreditei. Então, quando me dei conta, ele estava comigo e com ela. É claro que ela não sabia de mim. É claro que eu sabia dela.

Passei muitos fins de semana afogada em lágrimas. Na sexta à noite, quando todo mundo ficava com o seu par, a ficha caía e eu me dava conta de que não tinha ninguém. Na segunda, logo cedo, eu me esquecia de tudo e vivia momentos intensos, semifelizes. Mas algo faltava. E eu sabia que algo sempre ia faltar.

Me distraía com os amigos, fazia questão de não conhecer homem algum, afinal, ele era meu (será?). Só de imaginar ele ao lado dela meu coração se arrepiava inteirinho. Só de pensar que ele beijava aquela boca me dava ânsia de vômito. E não foram raras as vezes em que vomitei de desgosto. E não foram raras as noites em que esperei uma ligação que nunca veio. E não foram raros os aniversários que passei sozinha. E não foram raras as festas que fui eu, eu mesma e Irene.

Algumas amigas me condenavam; eu só ouvia meu coração. Ele era o cara certo para mim. Eu só tinha de resolver aquele pequeno "detalhe". Mas eu sabia que as coisas não estavam bem, que ele só estava com ela porque ela tinha perdido a mãe havia pouco tempo. Coitada, estava deprimida, mal comia e tinha insônia. Neste momento ele não podia deixar a moça na mão, afinal de contas, foram quatro anos de namoro. Quatro anos. Mas era só ela melhorar e ele ia dar um tchau bem grande e definitivo.

Uma hora eu cansei. Decidi deixar aquela vida que me fazia tão mal. Resolvi procurar alguém que me fizesse bem. Comecei a tomar conta de mim e conheci um cara. Ele era legal, tinha bom papo, era honesto e s-o-l-t-e-i-r-o, mas não era o cara certo para mim. Não tinha aquele beijo, não tinha aquela pintinha do lado do nariz, não tinha o abraço quente. Fui fraca. Voltei. E a depressão dela não passava, ela não melhorava, nada ia pra frente.

Sentia que ele me dava desculpas, sabia que o celular ficava desligado quando eles estavam juntos. Me sentia moída feito pimenta-do-reino. Mas eu gostava, gostava, gostava e isso gritava dentro de mim. À noite, antes de dormir, abraçava o travesseiro e pensava que logo, logo íamos dormir e acordar junto todo dia. Um dia eu ia ter ele todo para mim. Pensava que não era possível passar por tantas provações por nada. Pensava que não era possível gostar tanto de alguém e não dar certo.

Teve um domingo em que os encontrei em um restaurante. Ela estava linda, com cara de feliz. Ele estava lindo, com cara de apaixonado. Eu estava acabada, com cara de quem foi enganada. Acabei tudo de novo. Ele pediu perdão, disse que eu não podia fazer aquilo com ele, chorou. Dias depois, eu cedi. E assim foi a nossa vida até o dia do basta. Não sei explicar direito como aconteceu, só sei que acordei uma manhã e passei minha vida a limpo. Não condeno e nunca vou condenar mulheres que estão com homens que têm outras mulheres. Não sei qual é a circunstância, não sei como tudo aconteceu, não sei a ordem das coisas. É difícil julgar. É difícil ser julgada. Eu fui, mas não tenho raiva de quem me julgou.

Eu gostava, o sentimento era mais forte que eu, que minha razão, que minha sanidade. Não acho que a mulher que se envolve com um cara comprometido é vagabunda. Sei que algumas fazem de propósito (essas, sim, não valem nada), mas não era o meu caso. Nunca fui destruidora de lares, tampouco curto esse jogo de roubar homem da outra. Eu me apaixonei e quando vi estava ferrada. Mas uma manhã eu acordei, passei a minha vida a limpo e resolvi deixá-lo. Sem olhar para trás.

saudade de mim

Dei um suspiro fundo. Um suspiro de verdade, vontade, saudade. Um suspiro imenso, profundo, intenso. Um suspiro que só damos quando lembramos de alguém que foi importante na nossa vida.

Você já deve ter tido um amor assim (por favor, diz que sim!). Aquele amor que te agita, vira do avesso, grita. Aquele amor que te deixa louca, viva, boba. Aquele amor que te faz se sentir especial, nova, única. Aquele amor que te faz ver a vida de outra maneira.

Temos a mania de achar que não se consegue ser feliz sozinha. E que precisamos do outro para viver, respirar, crescer. Pequenas, ouvimos Cinderela, Rapunzel, Bela Adormecida. Crescidas, esperamos bilhetes, florzinhas, carinhos. Erradas, queremos uma pessoa perfeita. Acho que a perfeição está na nossa forma de olhar as coisas. E que realmente é bem melhor ser feliz acompanhada: existe algo mais gostoso que dividir uma felicidade?

Eu gostava tanto de você. Do seu jeito de falar manso. Da maneira como as palavras que saíam da sua boca dançavam alucinadas no meu ouvido. Da forma como as suas mãos sempre quentes tocavam o meu corpo. Do seu olhar, que me arrepiava por dentro e por fora. E que fazia com que eu me sentisse a pessoa mais especial do universo inteirinho. Era isso: você fazia com que eu me sentisse diferente de todas as outras.

Uma mulher quer se sentir desejada todos os dias. Com letras ou ações. Com olhares ou manifestações. De qualquer jeito, a qualquer hora, em qualquer lugar. Você conseguia isso de todas as formas possíveis. E com você eu aprendi a me amar, me olhar, me proteger.

Fiz tudo o que podia para ficar com você. Fui até onde meu coração deixou. Até onde suportei. Até onde consegui resistir. Mas não consegui. Qualquer tipo de sentimento, para viver e se fortalecer, precisa de cuidado e atenção. E eu não podia fazer por mim e por você. Por isso, desisti. Afoguei o quase amor que tinha por você e decidi seguir em frente.

Dei um suspiro fundo. Um suspiro de verdade, vontade, saudade. Um suspiro diferente, sem mágoa, coerente.

Ai, que saudade daquela pessoa sem medo, que se entregava sem pensar em nada, que tinha a ingenuidade no coração e no olhar. Ai, que saudade de mim.

Carta para o dono dos olhos
que contam histórias

Façamos de conta que um dia o meu coração não foi rasgado por você e que minhas mãos não tremeram de tudo (medo, angústia, constrangimento, susto, mágoa) naquela vez em que você me atirou todas as espécies de desaforos ao telefone. Não acredito em culpa, acho que essa palavra é traiçoeira; eu também tive lá a minha grande parcela de insensatez.

Dizem que as paixões são loucas mesmo, logo, qualquer atitude impensada e irracional é compreendida. Mas você disse para esquecermos o que passou, pois me perdoou e não há motivo para insistirmos nesse assunto. Obrigada pelo seu perdão, saiba que ele é importante para mim; mas saiba, também, que eu não te perdoei.

Me lembro da primeira vez que eu te vi, é engraçado como a vida nos dá rasteiras violentas. Para mim, você sabe muito bem disso, era uma brincadeira. Nunca me passou pela cabeça que um dia, qualquer dia, eu pudesse me apaixonar por alguém como você. Não sei quando, nem em que segundo, só sei que você me fez sentir coisas que eu nunca consegui explicar. Surgiu uma vontade de tomar conta de você e ficar quieta quando você estivesse bravo, e respeitar o seu silêncio, e te contar histórias, e cantar com a minha voz desafinada no seu ouvido até você dormir, e caminhar de mãos dadas, e te fazer suco de laranja sem sementes, e mexer no seu cabelo até você pegar no sono, e te contar como eu acho difícil lidar com alguns sentimentos. Eu fiz o contrário, me defendi e resolvi que não podia gostar de você. Confesso que no fundo me acho meio boba ao dizer essas coisas todas, da mesma forma em que me achei tola, a ponto de ficar com as bochechas rosadas, quando reli aqueles e-mails que mandei pra você. E aquele conto, sabe aquele conto que escrevi e coloquei nossas fotos? Me pergunto se adianta tudo isso agora, nesse momento. Adianta? Sei que viu tudo o que lhe mandei, mas devido ao seu silêncio resolvi não procurá-lo. Olha, não sei dizer o que acontece, mas sinto um ciúme danado de você. Daquela feiosa que te adora – e é gamada pela metade da torcida do Grêmio – e você sabe bem quem é. Vocês não combinam, por que você ficou com ela? Nós tínhamos combinado de conversar, lembra? Não sei se lembra dessas coisas, mas um dia você disse que me queria pra sempre. "Quero você pra mim, pra sempre, isso você entende"? Foram essas as suas palavras, aliás, essa foi uma mensagem que você mandou no meu celular em um dia que eu estava brava. Isso faz algum tempo, foi no dia em que eu realmente te olhei e disse que ia me ferrar. E você disse que não e eu sorri e me ferrei. E então você foi embora e eu fiquei ferrada. Talvez eu tenha sido coisa de momento, talvez você tenha erguido um muro de proteção, talvez tenha se decepcionado com alguma coisa, talvez, talvez. Uma noite em que nós brigamos você falou que eu era do tipo que via algo numa vitrine, gostava e quando obtinha aquilo não dava mais bola. Entenda que eu tive medo de dar bola pra você.

Agora não é hora de consertar imprevistos, reparar erros ou juntar os retalhos do que passou. Eu sei disso, mas não quero que você fique na minha vida como aqueles amores bandidos, não gosto de coisas mal resolvidas. Me desculpe, as pra mim você não passou. Não te perdoo por ter me deixado à deriva; gosto tanto de você! Não sei dizer direito o que é essa coisa toda, mas eu sinto. Queria encontrar você e dizer tudo o que não disse antes ou apenas encontrá-lo e não dizer nada, já que eu nem sei se conseguiria falar alguma coisa. Acho que eu só queria ficar um tempo olhando pra o seu rosto. Só isso. Você é lindo, sabia? Pra mim você é lindo e dono de olhos que contam histórias. De vez em quando faço de conta que você está aqui perto e então eu fecho os olhos e abraço meu travesseiro e fico pensando que nós dormiremos abraçados até o primeiro raio de sol surgir. Outras vezes eu penso tanto em você e no seu sorriso que meu coração tropeça e te sinto muito perto de mim. Há também as noites em que fico tentando descobrir as histórias que os seus olhos contam até adormecer. A realidade chega para me enforcar, pois eu lembro que você está ao lado de outra pessoa. E distante, muito distante de mim. E isso dói, sabia? É um misto de ciúme com uma dor pontiaguda.

 Eu te tenho nos meus sonhos diários e sempre me pergunto se você está bem, feliz, doente, tranquilo, nervoso, agitado; se vai ficar gripado e ela vai fazer um chá e te tratar direito. Também me pergunto se ela cozinha pra você. Sei que é ridículo pensar numa coisa dessas, mas eu sou meio ridícula de vez em quando. Às vezes olho pro céu e o imagino chegando lentamente e, com um sorriso no rosto, pegando na minha mão e dizendo que já perdemos tempo demais com tantos desencontros. Você desperta meu lado meio brega, aquele que tem vontade de escrever nas calçadas, fazer serenatas, mandar flores, escrever bilhetes. Eu achei que nem ligava mais pra você, que tinha te tirado da cabeça, mas não. Te quero tão bem, tenho vontade de te proteger de qualquer coisa desagradável e ficar com o rosto colado no seu falando besteira, de te abraçar forte e apertado e de ficar com o nariz colado no seu pescoço para sentir o seu perfume. Não sei o que é isso que você tem, nem sei direito o que eu sinto por você, só sei que quero te ajudar, e quero o seu bem, e quero passar a mão no seu cabelo, e falar tudo ou não falar nada – nem eu sei mais o que estou dizendo.

É isso: você me deixa sem palavras. Por mais que eu tente escrever ou explicitar, ou sei lá, apenas colocar pra fora a boca emudece. A voz empaca, a garganta aperta e o peito trava. As frases se perdem no meio do papel e fico tentando achar um nome pra esse conjunto de sentimentos. Até agora não encontrei, mas posso afirmar que se eles fossem notas musicais certamente seriam uma música linda. E um pouco triste, pois você não está perto de mim.

Por fim, tenha certeza de que você nunca estará só. Como dizia E. E. Cummings, no poema *I carry your heart with me*: "*I carry your heart with me (I carry it in my heart), I am never without it...*"

Um beijo,
.... (sem nome, pois não sei o que significo na sua vida)

O nosso filme

Dizem que quando estamos quase morrendo passa um filme da nossa vida. Já ouvi vários casos de pessoas que estavam se afogando e começaram a recordar diversos momentos (sejam eles bons ou ruins). Há também aquelas pessoas que levaram um tiro e, no leito de morte, resolveram pedir perdão a quem feriram.

Te peço perdão. Minha consciência está tranquila, mas meu coração não. Peço perdão por ter esperado tanto de você. Peço perdão por ter esperado bem mais do que você podia me dar. Desculpe, tenho sangue correndo nas veias. Eu espero. De mim, de você, dos outros. Um ser humano sempre espera algo do outro. E o que vem nem sempre é bom. Nem sempre somos puros, raros, bons e geniais.

Você, por exemplo. Você nunca se preocupou a fundo comigo. Sua vida sempre foi o seu trabalho. Suas reuniões. Suas viagens. Seus almoços de negócios. Suas gravatas organizadas por cores e estampas. Suas meias cuidadosamente dobradas. Seu gel para cabelo de nome esquisito. Suas cuecas brancas.

Quando você quis me agradar? Ah, olha pra mim agora. Olha bem no fundinho desses olhos que te enxergavam com tanta ternura. Quando você me fez uma surpresa? Hein? Quando? Quando? Responde.

Eu nunca quis demais. Só queria coisas bobas. Coisas tão pequenas, entende? Coisas que qualquer um seria capaz de fazer, de me dar. Qualquer um, menos você. Você é ocupado demais com sua vida, com seu ego, com sua carreira de sucesso, com jantares, badalações, uísque do bom, charuto cubano. Você vive uma vida de aparências. E eu não faço parte desse mundo.

Em algumas vezes até tentei embarcar na sua. Aguentar todas aquelas reuniões com pessoas falando toda hora alguma expressão em inglês e japonês. Seus amigos que jogam golfe e andam sempre engomadinhos. Aquelas mulheres que, meu santo Deus do céu, não têm absolutamente nada na cabeça. Só sabem falar da última *Caras* e do último lançamento de esmaltes da Chanel. Aquelas mulheres que trocam a prótese de silicone a toda hora e só comem um pedacinho de queijo quando estão quase desmaiando de fome e fraqueza.

Não pertenço ao seu mundo. Eu sou do time que sente, que se importa, que ama. Poxa vida, eu sou aquele tipo de pessoa que gosta de escrever no espelho do banheiro, preparar um risoto, fazer carinho no cabelo e chá quando a gripe te pega de jeito. Não sou o tipo de mulher que tem um filho e contrata uma babá para se vestir toda de branco e empurrar o carrinho do bebê enquanto faço compras no *shopping*. Eu quero uma vida de verdade. E eu queria uma vida de verdade junto com você.

Você, que nunca quis me agradar. Que jamais me levou café na cama. Que não sabe que adoro suco de laranja geladinho e sem sementes. E que gosto de pão francês quentinho com requeijão *light*. Você, que não sabe que prefiro Moscatel. Você, que nunca perguntou como foi o meu dia e por que estou com uma cara estranha. Você, que acha que ter pesadelo é coisa de menininha. Você, que nunca ficou me olhando com admiração. Que não gosta de ficar roçando o pé no meu pé à noite. Que não sabe que prefiro sorvete de menta. Que nunca deixou um bilhete na minha agenda, tampouco enroscou o meu cabelo.

Eu sei tudo que você gosta. E tudo que você sonha, quer, deseja, precisa e não sabe viver sem. E você não sabe quase nada sobre o que vive dentro de mim. Eu já quis tantas e tantas vezes te mostrar o meu mundo, mas você não entra por essa porta que deixo sempre aberta à sua espera. À espera de nós dois.

Me perdoa. De verdade, me perdoa, coração. Mais uma vez eu não te protegi. Sei que prometi tomar conta de você, porém mais uma vez me perdi. É que o amor tem armadilhas.

Dizem que quando estamos quase morrendo passa um filme da nossa vida. O nosso filme acabou de passar. E você morreu neste instante para mim. Descanse em paz. Amém.

O último capítulo

    Sempre tive horror do seu jeito indelicado. Aspereza nas palavras, agressividade nos gestos, falta de noção no comportamento. Você sempre fez e aconteceu. E depois vinha, com o rabinho no meio das pernas, como um cachorro que fez xixi fora da área de serviço, pedindo desculpa. Eu aceitava. Ficava tudo quase, quase bem. Até que você fazia e acontecia novamente.
    Não sei por que demorei tanto para fazer minhas malas. Acho que eu tinha medo de viver sozinha. Sempre vivi com alguém, só a palavra solidão já me causava certo terror. Tinha medo de pegar meus livros, meus recibos, minhas roupas, minha televisão, meus sapatos e minha escova de dentes e sair da sua vida.
    Minha mãe sempre me ensinou que jamais devemos depender de homem. Mas eu dependia de você. Emocionalmente. Financeiramente. Assustadoramente. A cobertura era sua. As plantas você comprou, assim como o sofá, a cama, a mesa de jantar, as cadeiras, os armários, o fogão, a geladeira, tudo. Por isso, sempre me senti inferior. Não ganhava o mesmo que você, não podia bancar a casa, às vezes faltava grana e eu tinha que pedir empréstimo. Pagava um pouquinho por mês, mas pagava. E você usava do seu poder para conseguir o que queria de mim.

Dinheiro é poder. E, infelizmente, quem tem mais manda mais. Essa é a triste realidade. Quem coloca a comida em casa, quem paga a TV a cabo, a internet, a luz, a água. Quem paga o sabonete para a hora do banho, a pasta de dente. Eu sei que soa meio deprimente, mas eu ganhava pouco. E o meu pouco não dava para quase nada. Me sentia mal por tantas vezes recusar determinados convites como um clericot com as amigas ou um jantar em um restaurante mais sofisticado, pois pagaria com cartão de crédito e na hora em que a fatura chegasse teria que te pedir uma grana emprestada.

Nada é tão humilhante como pedir dinheiro. É claro que eu não era uma deitada, eu batalhava, mas a vida andava difícil para mim. Na rua, no trabalho, em casa. A sua falta de compreensão e excesso de falta de gentileza acabavam diariamente com o que eu sentia por você. Mas você achava que me prendia, que me mantinha sob o seu domínio, que me controlava, que eu nunca ia te deixar.

Fora a parte das finanças, existia o enorme medo de enfrentar a vida. Saí de casa muito cedo e fui direto para os seus braços. Você me ofereceu conforto, proteção, abrigo. E eu aceitei. Engoli muito sapo, vomitei muito sapo, mastiguei muito sapo e consegui ficar. Eu precisava resistir, tinha que ser forte, tinha que tentar fazer dar certo, não podia fracassar, eu te amava. Sim, eu te amava. Não amava o que você me dava, amava o que você era quando te conheci. Mas você mudou com o tempo. Aquele cara meigo, atencioso, amoroso foi embora. No lugar dele ficou um vazio, uma amargura, um outro personagem. Então, passei a odiar o seu jeito. E esqueci quem você era no começo.

Idealizamos muito as pessoas. Me apeguei aos detalhes do início. Mas uma relação não vive de início. Ela é meio.

Ela é o que acontece no espaço entre o começo e o fim. E esse espaço não faz bem para minhas lembranças.

Tentei ver o que ainda dava para consertar, mas o amor quebrou. Não dá pra colar e fingir que nada aconteceu. Foram seis anos de batalha. Então, recolhi minhas armas e parti em busca de uma nova vida. Sem você.

Saindo à francesa

Ouço o barulho da chuva lá fora. Algo aqui dentro aperta. Ligo o chuveiro, espero a água esquentar, entro, a água queima a minha pele sensível e clara. Não me importo. Meu coração dói demais para alguma coisa importar tanto agora. Por quê? Por que temos que sofrer tanto? Seria tão mais fácil gostar de quem gosta de mim. Seria tão mais simples ganhar uma coisa boa de volta, em vez desse sentimento ácido.

Vejo os pingos de chuva na janela do banheiro. Tomo banho com você no pensamento. Lavo o cabelo e me lembro do seu gosto. Parecia tão real. Você parecia tão de verdade. Como pode uma pessoa jogar no saco de lixo um amor de tanto tempo como se nada fosse?

Eu me seco, coloco o pijama favorito. Depois, um pouco do perfume que você mais gostava. Abro um livro, tento me distrair, leio 29 vezes a mesma página sem entender uma letra sequer. Minha atenção saiu para passear lá fora de guarda-chuva e galochas.

Eu te amava. Queria ter uma casa com você. Sofá, talheres, jogo americano, controle remoto, panelas, copos, cama. Queria te esperar todo dia com um sorriso na hora do jantar. Queria ser sua amiga, sua esposa, sua amante,

sua Amélia. Queria te alcançar a toalha depois do banho e te dar carinho até você adormecer. Ah, como eu te queria! Não consigo esquecer aquele dia. Tudo ia bem, pelo menos era isso que você demonstrava. O sexo era bom, você gostava da minha família, ríamos juntos e gostávamos de estrogonofe e batata palha. Nós nos ouvíamos, gostávamos de praia e ioga. Até que você começou a levar o celular para o banheiro. Achei que eram assuntos do escritório, você vivia checando e-mails. Até que você ficou muito nervoso quando me viu procurando o telefone da sua tia no seu celular. Por que alguém ficaria tão tenso? Esperei você dormir, fui olhar seu telefone. Muitas chamadas para o mesmo número. Anotei. No outro dia, com o coração tremendo, liguei. Uma mulher atendeu. Patrícia. Pati. Patinha. Patricinha. Fiquei desconfiada, mas ao mesmo tempo pensei não, não é nada. Você nunca olhou para o lado, não faria isso agora. Faria?
 Liguei para o escritório. Você não estava. Liguei no celular. Mandei mensagem. Duas horas depois você retornou dizendo que estava em reunião. Mas no escritório ninguém sabia de reunião alguma, disseram que você tinha saído para ir ao dentista. Dentista? Perguntei se estava tudo bem e você disse que sim, que não ia jantar porque ia jogar *squash* com o Lucas. Liguei para a Marina para saber se ela topava um cinema, já que o Lucas e você tinham planos. Mas ela disse que tinha combinado com o Lucas de jantar naquele restaurante novo. Mais uma mentira.
 Esperei você chegar em casa e perguntei se afinal de contas iríamos ver aquela cobertura no outro dia. Eu estava morando no seu apartamento, minhas coisas não cabiam direito ali. E eu queria comprar tudo novo. Casa nova, vida nova, tudo novo. Você disse que agora não era o momento, que não sabia se o melhor seria cobertura ou

uma casa, me enrolou. Mais uma vez. Respirei fundo e tentei dormir. Não consegui. Fiquei te olhando e imaginando os porquês. Não sou tão carinhosa? Sou ruim de cama? Quem é a Patrícia?

Esperei amanhecer. No outro dia, passei café e preparei torradas. Entrei no chuveiro enquanto você se ensaboava. E você não me deu a menor bola, disse que a noite tinha sido difícil, que dormiu muito mal e que tinha que trabalhar. Perguntei quem era a Patrícia. E você respondeu como todos os homens respondem: Patrícia? Que Patrícia? Acho que essa pausa dramática dá mais tempo para pensar em uma resposta qualquer. Prossegui, firme: quem é Patrícia? E você me respondeu da mesma forma: Pa, Patrícia? Sim. Tem várias ligações no seu telefone pra ela. Você não estava no escritório, disse que tinha dentista. O Lucas foi jantar ontem com a Marina, não teve *squash* nenhum. Então, no chuveiro, veio a revelação: você e ela se conheceram na aula de francês. Patrícia era francesa, professora. Inteligente, bem-sucedida, divertida. E você estava completamente envolvido havia sete meses. Em outras palavras: havia sete meses que eu era corna. Enganada, traída.

Fiquei sem reação. Tive vontade de te morder, te fazer beber shampoo, mastigar sabonete, te enforcar com uma toalha, te cortar com o aparelho de barbear. Mas não fiz nada. Saí do chuveiro, molhada e muda. E você não foi atrás de mim, não pediu desculpa, não ajoelhou, não disse que errou, que ela era um erro, que foi uma distração, um lapso, uma transa boa, uma farra. E eu entendi. Sete meses eram sete meses. Mas e os nossos três anos e meio eram o quê?

Coloquei uma roupa. Juntei minhas coisas. Chamei um táxi. Fui para meu apartamento que estava cheio de pó e com cheiro de guardado. Abri todas as janelas. Deixei o sol entrar. Queria que os raios de sol me trouxessem respostas e alguma alegria.

Será que depois de algum tempo todo mundo trai? Será que é normal os amores se desencontrarem? Será que uma hora tudo termina? Me lembrei das minhas amigas descrentes, que acham que todo homem trai. Me lembrei dos meus amigos gays, que sempre disseram que uma hora o cara cansa de ver a mesma mulher. Me lembrei dos outros homens, que sempre falam de mulheres (mesmo que tenham um exemplar lindo em casa).

Onde está a fidelidade? Cadê o respeito? Você não respeitou o nosso sentimento. Não teve a menor consideração pelos nossos anos de relação. Foi só a Pati, Patinha, Patricinha chegar com aquele sotaque francês que você perdeu a memória. O que eu faço com o meu amor e com essa dor que grita aqui dentro?

Se você se envolveu com outra pessoa era só ter sido franco. Podia ter me dito, podia ter me explicado, podia ter falado que não me amava mais, podia ter me pedido para ir embora da sua vida, podia ter sido um pouco mais claro. Mas fez tudo às escondidas. Quis que eu descobrisse. Deixou uma porta aberta e eu entrei sem ser convidada. Fiquei sabendo do seu jogo, da sua farsa. Fiquei com nojo, pensando quantas e quantas vezes você dormiu ao meu lado com ela no pensamento. Passei a entender muitas coisas: a demora em arrumarmos outro lugar para morar, suas viagens repentinas, suas reuniões, suas atitudes estranhas. E me puni. Temos a mania de nos culpar quando isso acontece. O que eu fiz, onde errei, o que aconteceu?

Não quero mais procurar saber seus motivos. Só quero me curar dessa dor. Quando ela passar poderei olhar para trás sem mágoa.

Vida em preto e branco

É tarde e a insônia não me dá um sossego. Viro para um lado, viro para o outro, procuro algo decente na televisão. Nada tira esse nó do meu peito. Nada dá jeito nessa solidão que toma conta de mim e dos meus pensamentos.

Comecei a pensar em tudo o que nós não vamos viver. Só eu devo pensar essas maluquices. Eu e minhas confusões emocionais. Sentimentalismo intenso e caro. Me sinto a personagem Francesca Johnson (Meryl Streep, em *As pontes de Madison*) relendo cartas que escrevi para você. Tudo isso mexe muito comigo. Não entendo por que o destino coloca uma pessoa no nosso caminho. E depois tira.

Na verdade, você entrou no meu caminho. E saiu porque quis. Não te condeno, não te julgo, não te culpo (e minto um pouco). Sei lá, se eu fosse você também fugiria de mim. Eu e minhas complexidades. Eu e minhas loucuras-esquisitices-insanidades-momentâneas. Desculpa, é que me entristece tanto saber que você nunca vai descobrir as coisas de que eu gosto.

Adoro ligar o ar-condicionado bem frio e me cobrir com edredom até o nariz. Não tem nada melhor que barulho e cheiro de chuva. Prefiro água com gás. Adoro queijo de todos os tipos. Bife com queijo é uma delícia.

Purê de batata também. Quer saber a minha receita secreta de purê? Cozinha as batatas até ficarem bem molinhas. Amassa bem, coloca manteiga Aviação com sal, um pouco de azeite de oliva Mykonos e mexe, mexe, mexe. Depois, frita um pouquinho de bacon e coloca junto com a batata. Mexe tudo, coloca creme de leite *light*, mistura bem. Por último, coloca tudo em uma travessa, põe por cima fatias de queijo mussarela e deixa no forno médio até derreter o queijo. Fica uma delícia com salmão grelhado. Por falar em salmão, tempera o filé com sal, ervas finas e limão. Coloca no forno até dourar, e quando ficar pronto serve com alcaparras. Olha eu aqui lembrando que tentava te ensinar a cozinhar. Você fazia tudo errado, lembra? Não conseguia coordenar mais de uma panela. Mal sabia fazer arroz! E eu tentava te ensinar cada coisinha. Lembra aquele dia que fizemos *penne caprese*? Você não conseguia cortar os tomates, colocar a massa dentro da panela e pegar a mussarela de búfalo na geladeira. E ficava impressionado com a minha capacidade de fazer cinco coisas ao mesmo tempo. É, dizem que as mulheres conseguem. Já os homens, não.

 O que eu não consigo é entender que você nunca vai saber que eu adorava andar de pés descalços. No inverno, a pantufa era a minha melhor companheira. Um dos meus cheiros preferidos era o de manjericão fresquinho. Uma das coisas simples que sempre adorei é pão quentinho com manteiga. Para mim, nada melhor que um bom e morno banho antes de dormir.

 Você deve estar me achando estranha. E talvez eu seja. Mas tudo que eu não vivi com você, tudo que não te contei, tudo que não te mostrei, tudo que está aqui dentro do meu coração ainda vai incomodar e doer por muito tempo.

Eu sei que para você é difícil entrar no meu mundo, fazer sacrifícios e escolhas. Mas a vida é feita delas, não é verdade? Não escolher nada já é uma escolha. E você quis que fosse assim. Daqui, não posso fazer absolutamente nada. Não tenho mais como lutar, estou sem forças. Só posso te mandar boas energias e desejar que você um dia tenha coragem. Quando nos entregamos a vida fica muito mais colorida.

O filhinho da mamãe

Se eu tiver um filho homem, antes mesmo de ensiná-lo a falar "mamãe" vou dizer que é para ele tratar bem todas as meninas que conhecer ao longo da vida. Vou explicar que mulher se trata com carinho, respeito, delicadeza, doçura.

Apesar de ter cursado quatro anos de Psicologia, não acho que tudo vem da infância. Exceto em alguns casos. Peguei a ficha de todos os caras que não foram nada legais comigo, e quer que eu te conte? Todos eles tinham problema com as mães. A mãe de um deixou o pai por outra mulher. O rapaz sofreu muito e demorou para entender que o que importa é o sentimento, não o sexo. A mãe de outro bebia uma vodka legal. Por isso, ele apanhava de vez em quando e presenciava shows na frente da escola. A mãe de outro era suicida. Ele, por várias vezes, teve que chamar socorro. A mãe de outro era depressiva. Por isso, ele tomava conta da casa e dela. Não vou listar tudo senão você vai chorar.

Todo mundo tem problemas, traumas, desilusões e tragédias familiares. Tem uma amiga que sempre invejou minha vida, afinal, ela tinha pais separados e eu não. Como se ter uma família "certinha" fosse garantia de sanidade mental. O problema é como você lida com o problema. Você pode deixar a peteca cair ou tentar superar. Tem gente que consegue. E elas eu aplaudo de pé. Não é fácil abrir a janela e jogar um problema fora. Mas tem gente que adora acumular sofrimento. E acho isso um saco, de verdade. É bem mais fácil ficar se lamentando do que tentar dar um jeito na vida. Mais cômodo. E bem mais dolorido também.

Tem muito homem por aí que teve um exemplo de mulher muito ruim. Deve ser por isso que eles tratam quem aparece pela frente feito lixo. Mas aí eu me pergunto: e quem teve uma mãe gente fina, elegante e sincera? E aquela mãe que levava na escola, fazia junto os temas, brincava de carrinho, fazia comida boa, levava ao dentista, deu a primeira camisinha? Que desculpa esse filho tem? Acho que esse é só um sem-vergonha mesmo. Mas pare, pense e pesquise: o cara que teve problema com a mãe certamente vai ser um problema para você.

Antes de perguntar o nome dele pergunte como foi a primeira infância. Por via das dúvidas, questione sobre a adolescência também. E, só para garantir, pergunte se ele almoça na casa da mamãe aos domingos e dá presente de aniversário. Se ele for desses, agarre-o bem forte. E não o solte.

Madagascar,
a ilha do amor

Acho que você resolveu acompanhar a última tendência. Cada um escolhe o que quer. Eu, particularmente, não uso tudo o que está na moda. O que fica bem na Alessandra Ambrósio certamente não fica bem em mim. Ela tem corpinho de modelo. Eu tenho corpão de gente de verdade. Mas você resolveu acompanhar o que usam por aí. E decidiu que pode descartar as pessoas como se elas fossem copinhos de café do escritório.

Acho que não te ensinaram que com o coração dos outros não se brinca. Você não tem ideia de como me atingiu. Eu tinha me entregado de corpo e alma. E você simplesmente resolveu que não queria mais brincar. Juntou seus brinquedos e partiu. Fiquei aqui, despedaçada e com cara de paisagem.

Tem coisas que simplesmente não entendo e talvez não entenda jamais. A pessoa te envolve, te seduz e quando você fica completamente caída, abobalhada e apaixonada o cara inventa qualquer coisa como não-estou-pronto (ou a melhor de todas não-é-você-sou-eu) e vai embora como se nada tivesse acontecido.

Tempos depois, seus amigos encontram o dito cujo naquele bar que vocês iam. Com outra. E a outra é um arraso. E se veste bem. E pra completar o tormento: ganha bem. Você perto dela se sente uma coisa pequena, malvestida e quase pobre.

"You had my heart inside of your hand and you played it to the beat" (Adele)

Nunca me envolvi sem querer. Se você fica com alguém é porque quer. Se as coisas estão indo muito rápido ou se você não quer compromisso, seja claro. Desculpinhas esfarrapadas são ridículas. Primeiro, porque a pessoa que está ouvindo a desculpa saca na hora que é desculpa. Segundo, porque qualquer ser humano com mais de 25 anos deveria ser considerado maduro emocionalmente. Mas isso esqueceram de te contar, *darling*.

O pior de tudo não é querer ir embora. O pior é a falta de sinceridade e de decência. Não posso obrigar ninguém a me amar até que a morte nos separe. Mas exijo que me tratem com decência e respeito. Porque eu me respeito, então quero que você siga o meu exemplo.

As coisas não param por aí. Você teve a capacidade de ficar com minha amiga depois de duas semanas. Quatorze dias depois do fim você fica com ela. Isso me faz pensar 3 coisas: ela é uma vaca, você é um salafrário e já existia um clima entre os dois. Estou errada? Vai dizer que nesses quatorze dias você descobriu que ela é incrível e engraçada?

Nada disso. A outra, aquela que seus amigos viram no bar com ele. A que é um arraso. A que se veste bem. A que ganha bem. Bem, a outra é a sua amiga. Mas todo mundo ficou com pena de te contar. E agora você está morrendo de pena de si mesma, com vergonha da vida e quer comprar uma passagem para Madagascar. Só de ida.

Chega de palhaçada

Por que as pessoas que não nos querem volta e meia mandam e-mail, mensagem no celular, *direct message* ou algo parecido?

Eu simplesmente não entendo esse tipo de comportamento. Sério, não entra na minha cabeça. Tudo bem, talvez os loirônios ou ruivônios (depende do dia e do ponto de vista) sejam capengas, mas eu me esforço. Tento de verdade.

Já aconteceu muitas vezes comigo e também deve ter acontecido com você, com sua amiga, com seu amigo, com sua irmã, com o colega de trabalho. Vocês se conhecem, se curtem, ficam, se ligam, vão ao cinema, vão para a balada, vão comer sushi. Juntinhos, de casalzinho, coisa fofa de se ver. É tudo legal, vocês são parecidos, curtem o Dave Grohl e o Tarantino, gostam de pizza de calabresa e cerveja preta, têm insônia e adoram trocar mensagens noturnas. Tudo bacana até aí.

Um belo dia (sempre tem um belo dia que nem sempre é um belo dia), ele inicia uma conversa assim preciso-ser-sincero. Você gela por dentro. Logo agora que estava curtindo o cara. Toma um calmante imaginário e manda ele prosseguir. Ele, então, resolve ser sincero: olha, eu não quero namorar agora, saí de uma relação faz pouco tempo e quero curtir um pouco a solteirice. Tudo bem, ele está no direito dele. E você tem o direito de ficar um pouco rebelde, afinal, vocês não tinham nada oficial, mas estavam juntos na prática.

Você engole a decepção, que desce queimando a garganta feito um refluxo, sorri e diz que tudo bem, que entende o momento dele. Quando percebe, faz uma proposta: e se ficarmos só de vez em quando? Ao ouvir sua própria voz, sente vontade de colocar todas as palavras dentro da boca. Tarde demais. Ele diz que não, que já deu o que tinha que dar, que sente que você está envolvida, que não quer te magoar, que não quer compromisso, te deseja sorte, diz que você é uma mulher incrível e vai embora.

Sabemos que você não pode acorrentar ninguém no pé da mesa da sala. Além de dar um trabalho danado, pode ser denunciada por sequestro e cárcere privado. Melhor não arriscar. Mas você sofre, pois não queria que ele fosse embora. Então, você passa por todas as fases: saudade, raiva, questionamento. Primeiro, pensa em tudo de legal que viveram. Depois, sente raiva por ele ter sido uma besta. Por último, fica se pergunta por quê? Por que ele foi? Por que fez isso?

Muitas lágrimas e blá-blá-blás depois, percebe que o mundo continuou girando. Que o sol continuou se pondo. Que as estrelas continuaram brilhando. Que todo mundo seguiu a sua vida, inclusive você mesma. Até que ele manda um e-mail dizendo oi-hoje-sonhei-com-você. Você fica numa encruzilhada: feliz, porque sentiu saudade, porque ele pensou em você, porque ele sonhou com você e triste, porque ele foi embora e agora apareceu como se nada tivesse acontecido. Daí você responde com um "legal". Ele responde de volta não-tá-magoada-comigo-né, e você diz que não. No outro dia, ele manda uma mensagem no celular dizendo que está tocando no rádio aquela música que vocês dançaram bêbados na sala da sua casa. E você fica feliz, quase triste, com raiva e eufórica. Decide não responder. E ele te chama no Gtalk para perguntar se você recebeu a mensagem, você diz que sim, não entende nada e pergunta ei-qual-é-a-sua? A pessoa some, reaparece e acha que tá tudo bem? Ele diz que você está sendo agressiva e que se achar melhor então ele sai de cena para sempre. Seu coração aperta e você diz que não é bem assim, só não quer um contato muito frequente. E ele te liga bêbado, te chama para ir lá, você vai, se arrepende e não se arrepende.

No outro dia, ele manda mensagem dizendo que aquilo não foi uma volta. Foi um acontecimento isolado. E você se enfurece. E diz que não quer mais. E xinga a mãe dele. Ele te chama de imatura e diz que acha melhor não se falarem. Você sofre. Come o pão velho que o diabo cuspiu.

Tempos depois, mesma coisa: ele manda e-mail, mensagem, sinal de fumaça. E você finalmente entende. Tem gente que precisa ter alguém sempre na volta. Mesmo que não queira mais. Tem gente que tem a autoestima tão baixa que só se sente bem quando faz alguém de palhaça. Mas você dá um cartão vermelho e deixa claro que não trabalha no circo.

Para sempre

Aprendi a nunca dizer nunca. É que as palavras nos apunhalam pelas costas e pela frente. Elas nos perseguem até o fim. E ainda insistem em nos mostrar o que fazemos força para não ver.

Eu pensava que jamais iria fazer o que fiz. Logo eu, que sempre ri dos apaixonados. Achava tolice aquela voz pastosa e arrastada "desliga você. Nããão, desliga voooocê". Achava meio bobo inclinar a cabeça e sorrir de ladinho. Escrever cartinha. Colocar a foto dentro da carteira. Até que eu passei a fazer coraçãozinho com as mãos. Então, percebi que eu tinha entrado para o Time dos Apaixonados Bregas. Me rendi.

Não tem nada melhor do que essas cafonices de amor. Liberar o lado vergonhoso. Mostrar tudo aquilo que batalhamos para esconder. Me entreguei para você. E foi a melhor coisa que fiz na vida. Até o dia em que tudo terminou.

Aquela noite era para ser só mais uma noite. Jantamos na frente da televisão, assistimos à novela das oito, comentamos a novela, coloquei meu pijama xadrez rosa e minha pantufa de porquinho e deitei no seu colo. De repente, comecei a pensar na nossa vida. Nós nos conhecemos na escola, você foi o meu primeiro. Primeiro amor, primeiro beijo, primeiro amante, primeiro amigo. Descobrimos a vida juntos. O sentimento, o sexo, a maturidade. Construímos uma casa, casamos no papel, fizemos uma hortinha no quintal, adotamos um cachorro cego de um olho. Tínhamos uma vida aparentemente perfeita. Os trinta e cinco anos batiam forte na minha porta e, com eles, aquela dúvida básica de algumas mulheres: filhos, tê-los ou não? Conversávamos sobre isso e volta e meia eu sorria com a possibilidade de ver uma criança correndo pelo quintal cheio de plantas.

Você sempre me apoiou e esteve ao meu lado quando precisei. É claro que não era perfeito, mas eu nunca quis que fosse. Só queria um amor real. E tive. Tivemos um romance adolescente que entrou na vida adulta de salto alto. E gostei. Até aquela noite.

Lembro como se fosse hoje. Você, com aquela polo verde-musgo que eu te dei no aniversário de trinta e sete. Seu cabelo grisalho meio desgrenhado. Meu coração tranquilo feito água de lagoa. Serena, eu disse que não te amava mais. Gosto de você, mas não te amo. Gosto da sua companhia, mas não sinto a menor vontade de te beijar, abraçar, fazer carinho. Gosto de conversar, mas não tenho vontade de engolir você. Essas vontades todas eu tive um dia. Quando éramos mais jovens e cheios de sonhos. Quando tudo que eu queria era viver uma vida segura ao seu lado. Quando eu pensei que jamais sentiria vontade de conhecer o mundo sozinha. Com minhas próprias pernas. E aquela noite, quando olhei ao nosso redor, vi que o passado parou no tempo. E que o presente é apenas costume, comodidade. Uma amizade bonita. Por isso, te pedi: antes que o amor bonito vire uma lembrança doída, vamos nos distanciar. Antes que um romance acabe em mágoa, vamos apertar o stop. Antes que a beleza se destrua, vamos manter o respeito e a civilidade.

Sei que você deve ter achado a minha atitude louca. Mas subi, fiz as malas e resolvi te deixar. Para sempre.

Fechando os olhos para o que passou

Hoje eu vim dar tchau. Um longo e grande adeus. Pra quem? Para a menina ingênua, inocente e apaixonada. Que escuta Jamie Cullum e as lágrimas teimam em cair. Escorrem pelo rosto. Bochechas rosadas, talvez pelo que ainda pulsa aqui dentro. Mas chega. Cansei. Preciso dar uma trégua para o meu coração, tentar achar a tão sonhada paz de espírito.

O problema é conviver com o depois. Como será depois? Sei que eu penso demais, minha cabeça dá voltas, a imaginação fica a cento e vinte por hora. Mas queria saber como será depois. Mesmo. Como vou viver depois que, finalmente, te colocar num lugar distante? Como vou me sentir depois que eu tiver que forçar a memória pra me lembrar dos nossos beijos, nossas brigas, nossas conversas? Eu não sei. Simplesmente não sei. O que machuca é saber que esse dia chegará. E o que me dói é saber que eu nunca mais serei a mesma.

Depois que te conheci acabei me dividindo. Sim, isso mesmo. Eu antes e eu depois. Depois de você. Não pense que você passa pela vida de uma pessoa assim, sem deixar marcas. Quem te conhece não te esquece jamais. Ou pelo menos enquanto o "jamais" existir, afinal, dizem que nada é eterno, né?

Estou fugindo do assunto, eu sei. Odeio despedidas. Odeio dar tchau. Odeio chorar. Mas também odeio sofrer. Quero te dizer que este mundo é injusto demais. Nele vivem pessoas cretinas demais. Já que estou falando no que é demais: fui honesta demais. Talvez esse tenha sido meu maior erro. Mas não sei ser de outra forma. Me apaixonei, te queria mesmo. Falei. Me entreguei. Me mostrei. Não há nada de errado nisso. Mas não quero falar de sentimentos. Nem de amor. Quero te dar tchau. Já me desfiz das cartas que escrevi e não te mandei. Escondi as fotos lá no fundo do armário. E o resto joguei fora. Por que é tão difícil te dizer adeus? Tenho medo. Medo de me arrepender um dia. De ver que fiz uma grande burrada na minha vida. Isso o tempo vai me dizer, certo? Adeus. Só te peço uma coisa: vai embora, mas não olha para trás. Senão eu não vou conseguir. Me despedir já é duro... ver teu sorriso triste e teu olhar de adeus será pior ainda. Não olha mais para a nossa história. Porque a partir de agora eu vou fechar os olhos para sempre.

Categorias masculinas

Algumas categorias masculinas me incomodam. Dão aflição. Agonia. Repulsa. E eu fujo mesmo. Saio correndo. Se for preciso faço até *triathlon*.

Homens-Banana: olhar, sorriso, olhar, sorriso, olhar, sorriso. Às vezes, varia e passa a ser sorriso, olhar, sorriso, olhar. Atitude zero. Mil olhares. Mil sorrisos. Nenhuma atitude.

Homens-Alisabel: te alisam, alisam, alisam e nada. Aqueles que te elogiam, dão em cima, provocam e não fazem nada mais além disso. No nada.

Homens-Gato: os que têm sete vidas. Já fizeram a passagem, partiram desta para melhor, mas insistem em ressurgir. Miau.

Homens-Picareta (aprendi com um amigo): são os safados mesmo. Esse tipo é fácil de encontrar por aí dando sopa. Ordinários, cretinos, cachorros, fdps, salafrários, canalhas, filhos da mãe! *Yes* safadeza!

Homens-Trident: os que grudam na sola do scarpin. E não há jeito nem reza forte pra despachá-los.

Homens-Aurélio: palavras, palavras, palavras. *No action*.

Homens-Político: prometem, prometem, prometem. E ficam na promessa. Para ganhar a eleição fazem de tudo, e quando estão no poder colocam tudo a perder. Esqueceram que "promessa é dívida".

Não quero falta de atitude, elogios que não passam de elogios, alguém com um machado na mão correndo atrás de mim, mortos-vivos, cretinice, chiclete, palavras, promessas. Estou farta de promessas. Cansada de palavras. E de mentiras. Quero verdades. E um homem cavalheiro.

Sou machista, acho que o primeiro passo tem que ser dado pelo homem. Não condeno, tampouco julgo as mulheres que se dizem modernas e descoladas. As que tomam a iniciativa. Mas eu não sou assim. Não sei ser nem quero. Gosto do romance, sou a favor dele. E gosto de homens gentis, educados, carinhosos e prestativos. E que não façam jogos, pois acho perda de tempo. No início joguinhos são inevitáveis, mas sou a favor da sinceridade plena, completa e absoluta. Total.

Homens cavalheiros são os que têm atitude. Fazem elogios quando têm vontade, não pra iludir. Nas mãos trazem tulipas, não um machado. Não grudam, dão espaço. Não colam, mas abrem a porta do carro. Principalmente, os homens cavalheiros não fazem promessas a troco de nada. E sim promessas a troco de tudo. Olham nos olhos, falam o que pensam e não têm medo do que sentem. E se permitem sentir de forma transparente e clara.

Homens cavalheiros não nos deixam dúvidas, nos dão certezas. Não usam palavras que se tornam perdidas, mas atitudes que são inesquecíveis.

P.S. Esqueci de incluir os Homens-Cachaça: aqueles que já ocuparam um baita lugar no nosso coração. Vício que tentamos diariamente largar. Nos embriagam. E deixam uma senhora ressaca. Não há Neosaldina que resolva o caso no dia seguinte! Dão uma dor de cabeça desgraçada. Por isso, mantenha distância.

Olhares

Olha pra mim. Quero ver se você consegue. Olha sem medo. Sem mágoa. Sem rancor. Sem culpa. Sem ressentimentos. Sem arrependimentos. Olha no fundo dos meus olhos.

O vento leva as palavras. O tempo faz morrer a esperança. Os dias se tornam longos demais para um coração aflito. Palavras reconfortantes se tornam insignificantes. Caos. Vazio. Turbulência.

Olha pra mim. Não sei se você é capaz. Tira essa máscara. Tira o véu. Tira a nuvem. Olha no fundo do meu coração.

Os livros foram guardados. Os bilhetes, escondidos. O coração dilacerado.

Olha pra mim. Vamos lá, olha pra mim agora! Verdadeiramente. Olha no fundo da minha alma. E me dá, pelo menos, a certeza absoluta e completa de que você não estava fingindo.

O que eu não quero mais

    Não quero mais sofrer a cada rejeição sua. Ao seu lado, me sinto inadequada, menos inteligente, menos esperta, menos querida. Me sinto criticada, menos bonita. Meu Deus, como eu esperei elogios que não vieram, abraços que não me abraçaram, beijos que não me beijaram.

    Não quero mais chorar por uma palavra ríspida. Perto de você eu me sinto sempre pequena. Parece que nunca cresci, que você nunca me viu, que você nunca aceitou meu jeito, meu cabelo, meu sorriso, minhas pernas, meus sinais.

    Não quero mais ficar provando o quanto sou boa. Levantando uma plaquinha imaginária onde está escrito em letras garrafais "por favor, me veja". Quero que você me enxergue, que me perceba, que me respeite, que me entenda.

    Não quero mais ter que gritar para fazer você me ouvir. Parece que seus ouvidos estão sempre sujos ou tapados. Sinto que você não me dá espaço, tira meu ar, tira meu chão, me afeta a visão e as emoções.

    Não quero mais ter que lidar com as coisas. Toda vez que você me negava eu tentava te empurrar minha presença, tentava fazer você me engolir. E você me vomitava.

    Não quero mais secar minhas lágrimas. Te esperei por tanto tempo. Queria ser seu amor, seu troféu, sua vitória, sua conquista, sua beleza. Não consegui, pois você sempre fez questão de deixar bem claro que eu era apenas uma pessoa, não uma pessoa especial. Acho que é isso, sempre quis ser especial na sua vida.

Não quero mais pensar em fugir. É que toda vez que você me fere eu preciso me esconder. Preciso entender que esse é seu jeito, sua forma de viver. E nossas formas de viver não sabem conviver juntas. Nunca vão ser amigas.

Não quero mais tentar te agradar. Me sinto uma boba fazendo seu prato preferido, colocando a franja para o lado que você mais gosta, tentando esconder cada imperfeição e perseguindo uma perfeição que nunca chega.

Não quero mais me sentir feia. Você nunca enxerga um lado bonito em mim. Nunca diz que meu vestido ficou bem, que meus cachos estão bonitos, que o batom combina com meu tom de pele, que meu trabalho muda o mundo, que eu faço alguma diferença na sua vida.

Não quero mais sentir culpa. É que você faz com que eu perca a inspiração e a fé na vida. E isso me traz um certo rancor, uma mágoa que nunca sara, uma dor que fica beliscando meu peito.

Não quero mais que você me atormente. Suas palavras me fazem mal, seu desgosto por tudo me causa um embrulho no estômago, suas críticas me ferem a alma.

Não quero mais ouvir suas músicas preferidas. Elas são horríveis, mas escuto porque sempre te dou preferência, sempre cedo o meu lugar. Fico tentando achar uma brecha aí nesse seu coração de pedra.

Não quero mais ouvir sua voz. Ela me causa medo, me faz tremer por dentro, me causa uma sensação desagradável, é quase um tormento.

Não quero mais te amar. E um dia, eu sei, vou conseguir.

Essas palavras são para você

Eu detesto mentira. De verdade. Prefiro que cuspam uma palavra na minha cara do que me contem uma mentira que lá na frente vai me estapear loucamente. É que mentira sempre dói. Porque nos sentimos enganados, traídos, usados. A mentira faz com que a confiança caminhe por cima de cacos de vidro. E sangre.

Se você me quer ao seu lado, por favor, não me conte lorotas. Mas aprenda que tem umas verdades que não dizemos. Sei que soa contraditório e também sei que muitas vezes eu sou contraditória, mas deixa eu explicar direito?

Mentir é feio e cresce o nariz. Isso a minha mãe dizia há muito tempo. Mas eu cresci e descobri que mentir é feio e a verdade é sempre convidada de honra. Só que. Só que tem algumas coisas que precisamos deixar em um cantinho, quietas.

Ninguém quer uma vida de mentira, um amor de mentira, uma relação cheia de teias de aranha, esconderijos e segredos. Mas tem alguns sentimentos que precisam ser preservados e guardados em lugar especial.

Quer um exemplo? É óbvio que no mundo existem pessoas especiais, interessantes, lindas gostosas, apaixonantes. E é claro que existe gente muito mais bonita, legal e inteligente que eu, que você.

Uma vez aprendi: sempre vai ter alguém mais bonito e mais feio, mais chato e mais bacana, mais inteligente e mais burro que eu. É a vida. Mas eu quero (essa é uma exigência, pois bato mesmo o pé) ser a mulher mais importante da sua vida.

Quero que você me olhe com admiração, com paixão, com vontade, com tesão, com necessidade. É exatamente isso: quero que você tenha necessidade de mim, do meu amor, do meu carinho, do meu olhar apaixonado. Não quero um amor de mentira, não. Quero realidade. Mas também quero poesia. Por favor, não olhe na minha cara e diga que existem pessoas mais interessantes que eu. Que você conhece gente interessante todo dia. Que todo dia alguma mulher interessante passa caminhando por você. Que toda hora tem uma interessante no trabalho, na rua, na chuva, na fazenda. Não. Eu não quero ouvir. Eu não quero mais saber de nada disso.

Guarda as suas palavras no bolso. Não diz nada que eu não queira ouvir. Eu quero você com seus defeitos e suas qualidades. Mas eu quero que você entenda que para mim é importante saber que sou a única. Que você me quer. Que sou desejada. Que sou absurdamente desejada. Que ninguém é mais interessante que eu, por mais que eu saiba que existem zilhões de pessoas do sexo feminino no mundo. Por mais que eu saiba que tem muita mulher que vive só de alface e academia para a bunda ficar dura.

Já estou até vendo a sua cara e aquele seu sorrisinho surgindo no canto da boca. Tudo é tão simples, não é mesmo?

Por que as mulheres complicam? Por que não falam de uma vez? Pois eu estou falando agora. Não mente que me ama. Mas mente para me fazer feliz. Pequenas doses de felicidade, entende? Deixa o mundo de mulheres interessantes lá fora. E tenta olhar, pelo menos uma vez, aqui dentro e entender o que eu sempre quis: ser única e absurdamente estonteante só para você.

Em outro planeta

Certas coisas podiam deixar de existir: figo, uva-passa, abacate, pimentão, tempo que estraga a escova, calo no pé, celulite na bunda, ressaca, champagne quente e homem cretino.

Já comi muita uva-passa escondida em chocolate ou arroz à grega, mas nunca engoli homem ordinário. Esse tipo me dá indigestão.

Quando te conheci senti cheiro de encrenca. É incrível, o sexto sentido puxa pelo cabelo, sopra no ouvido, manda os mais variados tipos de sinais, mas quando queremos, fechamos os olhos e embarcamos na canoa furada. E assim eu fui.

Quase morri afogada. Já fiz aulas de natação, mas só nado cachorrinho. Por favor, não me jogue no meio do oceano que eu morro de tanto engolir água. Ou então algum tubarão faminto me parte em pedaços. Assim como você me partiu.

Meus amigos me avisaram, minha avó sacou qual era a sua. Até o porteiro do meu prédio tentou me avisar. Ouvi dizer que a paixão nos cega. Não adianta tocar o sino, a corneta, o tambor. Não adianta ter banda de música. Nada faz barulho, a não ser aquela paixão que queima por dentro.

Se um neon vermelho escrito "atenção" pisca sem parar na sua cabeça, por favor, lhe dê atenção. Não faça como eu que fechei os olhos e abri os braços. É que eu adoro abrir os braços e me jogar no colo das paixões. Já fiz uma, duas, três, quatro, cinco, seis, dez vezes. Não aprendo. Tudo bem, prefiro viver tudo do que ficar com medo e perder as grandes chances da vida. Mas tem coisa que pode ser evitada.

Certos sofrimentos podem ser freados. Eu não quis pisar no freio com força, detonei meu coração no primeiro muro. Aquele seu olhar me envolveu de uma tal maneira que não vi mais nada na frente, a não ser seu belo par de olhos azuis da cor do céu em dia de verão. Me derretia toda ao seu lado. Você me causava náusea e outras milhares de sensações juntas, coladas, trançadas.

De vez em quando me perguntava: por que sinto que vou me estrepar? Por que ninguém gosta de você? Ah, dane-se. O que importa é que eu gosto de você. Azar do mundo. Azar das amigas. Azar da família. Azar.

Um dia o azar acabou sendo meu. Naquela tarde, cheguei na sua casa sem avisar. O porteiro me deixou entrar, a faxineira abriu a porta com um ponto de interrogação no olhar. Cheguei no seu quarto e você estava nu, enrolado no lençol. Um cheiro estranho no ar. Barulho de chuveiro ligado. Estranho. Quem está aqui? Você ficou mudo e vermelho. Fui entrando. E vi uma mulher. Uma mulher que tempos depois fui reconhecer: era a dentista que indiquei para você. Peguei os dois no flagra, como em um filme.

Logo eu, que sempre quis fazer aquelas cenas de filme. Eu, andando pela rua, fones no ouvido, vento na cara, vida com trilha sonora. Dessa vez foi diferente. Eu, andando pela rua, lágrimas escorrendo pelo rosto, gritando você-me-paga-desgraçado, e todo mundo me olhando como se eu fosse uma maluca. Da próxima vez acredito nos meus *feelings*. Da próxima vez, vou rezar para os homens cretinos serem mandados para Marte.

Tantas lembranças

As frustrações diárias fazem com que percamos vontade de fazer as coisas. Eu sei que você não está entendendo nada e, honestamente, eu estou tão sem forças, tão esgotada, que não sei se conseguirei explicar.

Amar é bonito, disseram. Mas machuca. Essas esperas me incomodam, entende? Vivo esperando de você uma atitude delicada. Uma flor, um carinho, um abraço por trás com beijo na nuca, um olhar emocionado e agradecido por me ter em sua vida. Coisas assim, que apaixonados fazem de graça.

Já pedi tanto um pouco de atenção. Daqui a pouco vou parecer aquelas pessoas que esperam em aeroportos segurando plaquinhas com nomes. Por favor, me dá atenção, seu Mané.

Como é difícil. Tudo é tão difícil! Já desisti de algumas coisas. Tantas vezes coloquei bilhetinhos espalhados em sua mala. Você nunca agradeceu ou ligou dizendo: ei, achei seu bilhete, também te amo. Ei, são quatro da manhã e vi seu bilhete agora quando fui pegar meu short para dormir; fiquei sorrindo pensando em você.

Eu me alimento de palavras. Mato toda a minha sede em um punhado de frases bonitas. Não é para recitar poemas, pode falar do seu jeito. Mas, por favor, diga como sua vida é bem melhor com minha chegada, senão me sinto como um móvel em sua casa. Um algo a mais que você trouxe para seu mundo.

    Antes eu te ligava com frequência. Para dizer que vi alguém parecido com você. Para contar que um sujeito passou por mim com seu perfume. Para perguntar o que você queria jantar. Para mandar apenas um beijo. Para dizer que a saudade me apertava. Para ouvir o seu alô. Mas seu telefone começou a cair na caixa postal. E eu comecei a cair na realidade: não sou tão importante assim a ponto de fazer você largar tudo e me atender. Não, isso não é coisa de mulher mimada, isso é coisa de mulher que ama. Eu amo e quero atenção. Eu amo e quero que você atenda para que eu diga oi, só estou ligando para te mandar um beijo. Sabe por quê? Porque você não atende, retorna a ligação três horas depois dizendo oi-você-me-ligou, e aí tudo perde o sentido. Acabo respondendo: liguei, mas não era importante. E era! Era importante, sim. Era importante você saber que liguei no meio de uma tarde qualquer só para ouvir a sua bendita voz. Antes, meus jantares surpresa eram mais frequentes. Eu ia ao supermercado, fazia as compras, cozinhava, acendia velas, colocava uma música, tomava banho, me arrumava. E ficava esperando. Até que chegava uma mensagem no celular dizendo: não-vou-jantar-em-casa. E meu mundo desabava. Quantas e quantas vezes bebi o vinho no gargalo. E dormi de roupa e salto alto. Antes, eu era mais frequente. Eu era eu mesma. Porque sou romântica, gosto de carinho, gosto de agradar quem amo. Mas você nunca valorizou a mulher que tinha em casa.

    Seus amigos sempre disseram que você era sortudo. Alguns, invejosos, queriam a vida que eu te oferecia, que tínhamos. Mas sempre foi uma vida vivida por mim. Hoje eu percebo que você gostava da ideia de ter alguém, mas não gostava daquela vida de fato. Agora eu me culpo, fico tentando ver onde errei, pensando que fiz demais, que te afoguei, que te sufoquei, que não te deixei ter espaço. Agora eu faço terapia para tentar me encontrar, já que me perdi depois que decidi te deixar. Agora eu só quero dormir em paz e acordar sem lembrar do seu rosto, porque não aguento mais sofrer com tantas lembranças.

Eu não quero te esquecer

    Tem dor que quase mata. Porque dói tanto, retorce o estômago, faz o peito ficar do tamanho de um grão de arroz, nos faz não sentir mais nada.
    Não sei o que fazer daqui pra frente. Amigos dizem que vai passar, minha mãe (madura, sábia e bruxinha do bem) diz que com o passar dos dias a dor vai diminuindo. Mas não quero que ela diminua, não quero que as lembranças me deixem, não quero que os pequenos detalhes se percam. Não quero esquecer a sua carinha de sono, não quero esquecer o gosto da sua boca, não quero esquecer o barulhinho do seu ronco, não quero esquecer o som da sua risada, não quero esquecer aquele dia em que você foi jogar tênis, chegou em casa, tomou banho, colocou aquela bermuda preta e cozinhou, sem camisa. Não quero esquecer o sabor daquele risoto de aspargos. Não quero.
    Não quero que o que vivemos vire nada. Não quero que vire poeira. Não quero que vire vento forte, que passa e depois para. Não quero que os acontecimentos escorram pelos meus dedos. Não quero ficar aqui parada esperando o tempo agir. Porque o tempo age e o que era presente vai se tornando passado. O tempo passa e transforma a ferida

aberta, que arde e ainda sangra na água quente, em cicatriz bem pequena. Não quero pensar em você como um amor que passou, que já não quer dizer coisa alguma.

 É tão difícil quando uma relação termina. Seria fácil se, com o fim dela, o amor desse adeus e fosse embora. Mas sempre tem um que ainda ama. Ou dois, depende do caso. Mas no nosso caso você foi claro: chegou em casa e disse que não me amava mais. A primeira coisa que pensei foi ele-tem-outra. Mas você não tinha ninguém além de mim. A segunda coisa que pensei foi ele-se-apaixonou-por-outra. Mas você não se apaixonou por ninguém. Você foi tão claro que me espantei com tamanha sinceridade: o amor que eu tinha por você se perdeu com o tempo.

 Meu Deus do céu, como um amor pode se perder de nós? Isso não existe no meu romântico vocabulário. Um amor jamais perde o outro. Os amores se encontram. Amor é encontro, não é partida. E eu fiquei juntando as letras. Como assim? Se perdeu com o tempo? Mas ele existiu um dia? Cheguei a questionar se o seu amor realmente existiu. Porque um amor não resolve fazer as malas do dia pra noite.

 Me culpei. É, sempre nos culpamos. E se eu tivesse feito diferente? E se eu fosse menos briguenta? E se eu não tivesse o gênio tão forte? E se eu fosse mais carinhosa? Mas sou tão carinhosa! E meu gênio é esse, você me conheceu assim. Fiquei desarmada. E desiludida.

 Na infância, sonhava com um amor eterno. Pode parecer bobagem ou um clichê baratinho, mas sonhava. Queria um amor pra viver uma vida juntinha. E você me ofereceu tudo isso. Você me trouxe um mundo de sonho, só que feito de realidade, de manhã, tarde, noite, contas de luz, comida quente, cama bagunçada. E eu gostei. Entende isso, eu gostei. E você tirou isso de mim abruptamente. Assim como uma pessoa sem coração tira um pirulito de uma criancinha louca por doce. Isso é injusto. Isso não está certo.

    Bem que eu queria concordar com você e dizer que meu amor também chegou ao fim. Mas ele é tão presente quanto o sol que bate aqui na janela do meu quarto. Ele é tão vivo quanto a nossa calopsita. Que agora ficou órfã de pai. Porque você disse isso sem cerimônia, arrumou poucas coisas e saiu. Disse que depois voltava com calma e faria as malas. Que eu podia ficar com o apartamento, que você não queria nada. Que poderíamos ser amigos, mas não seríamos mais marido e mulher.

    Amigos? Eu não quero sua amizade, quero o seu amor. Aquele amor que você disse que chegou ao fim. Eu não quero te esquecer, eu quero segurar cada detalhe pela mão, com força, pra que não fujam de mim. Quero amarrar os detalhes no pé da mesa da sala de jantar. Amarrar, não. Acorrentar. Para que não me despistem, para que não saiam às escondidas quando eu adormecer.

    Eu não quero te esquecer. E por isso, eu sei, vou sofrer o dobro. Espero que meu coração aguente firme.

A volta dos que não foram

 Não entendi você. Aliás, acho que não entendo você. É isso: não nos entendemos. Na verdade, será que um dia nos entendemos? Bom, deixa isso pra lá. O fato é que você é o cara mais maluco que já vi na vida.
 Estava tudo numa boa. Ou pelo menos eu achava que estava. Sabe, descobri que as mulheres vivem uma realidade paralela. Só pode. Ah, não entendeu? Eu explico: achamos que está tudo bem e aí não está nada bem. Porque na cabeça da mulher tudo está tranquilo e lindo, e na cabeça do homem nada está no lugar certo. Então, o cara decide terminar. E termina. Sem dó nem piedade, nem nada. Termina e vai embora, como se desse para apagar o passado com borracha que tem cheirinho bom. O problema é que essas borrachas não apagam direito. Boas mesmo são aquelas verdes, enormes e horríveis. Essas, sim, apagam que é uma beleza. Mas você picou a mula sem me dar uma borracha de brinde.
 Fiz aquilo que todas fazem. Entrei na academia, fiquei mais loira, decidi cortar carboidratos noturnos. Chorei e fiquei péssima, mas gastei fortunas em corretivo,

base e pó compacto. Então você foi se tornando um personagem do passado. E me dei conta de que nem gostava tanto assim de você.

Quando o tempo começa a agir percebemos belas coisas. Parece que o tempo coloca os sentimentos no lugar. Então, percebemos quem é quem na nossa vida. E passa a dar valor para quem realmente é importante e nos valoriza.

Risquei você do caderninho. Quando eu estava em outra, conhecendo mais de perto outro cara, talvez entrando em um processo de paixão, você apareceu. Com flores. É sério. Com flores. Gérberas, minhas preferidas. Além de lindas, duram muito. Fiquei com cara de espanto, sem entender sua atitude.

O que aconteceu? Por que voltou? Deu saudade? Não, não foi saudade. Sei que não. Conheço bem essa cara e esse jeito. Isso é posse. Alguém deve ter te contado que eu estava mais loira, mais gostosa, mais maquiada e mais apaixonada. Por mim. E, talvez, por outro.

Homem é que nem cachorro. Levanta a perna e faz xixi para marcar território. Se tem outro macho na parada eles vêm e creu, deixam sua marca. É para mostrar quem manda, quem domina o ambiente. Tem coisa mais baixa que essa? Tudo bem, mulheres também são terríveis. Mas só quando estão sob efeito da paixão (ou da vingança).

Por favor, me deixa. Não quero mais você. Quero viver outra vida. Quero mais. Quero tudo o que você não teve a capacidade de me dar. Dá o fora. Pega a gérbera e vai embora.

Se não quer, tudo bem, não queira. Mas tenha a dignidade de deixar o outro em paz. O fim é um processo difícil e doloroso. Não sei pra que tanta volta, tanta ladainha. Não quis, tudo bem, então segue a vida.

Você voltou para me bagunçar. Agora, que eu estava entrando no processo de paixão por outro. Agora, que eu estava me esquecendo da sua existência. Mas aqui dentro não quero mais bagunça. Já arrumei tudo que você deixou do avesso. E não quero mais.

(Sai logo antes que eu mude de ideia.)

O que fazer com o que ficou

Bem que podia existir um Lixão dos Sentimentos. Uma espécie de depósito onde podíamos largar todas as coisas que sobraram. É que quando acaba sempre fica algo. Contraditório, eu bem sei. Mas fica.

O bom seria terminar o romance e automaticamente o amor ser deletado da vida. Mas eu e você sabemos que não é assim. É difícil terminar. Tanto para quem termina quanto para quem é "terminado".

Muitas vezes rezei para todos os santos inventaram esse depósito. Seria um tipo de tele-entulho, que não faz feriado, não tira férias e atende 24 horas. É que assim fica mais fácil. Tem gente que resolve terminar a relação às três da manhã. Outros, em pleno Carnaval. Férias. Até mesmo na lua de mel! Nunca se sabe quando será preciso acionar o Lixão dos Sentimentos.

Estou brincando, você sabe. Não é assim que a coisa funciona. Quando algo termina um capítulo se encerra. E, dependendo da intensidade do seu sentimento, uma parte sua morre um pouco.

Já ouvi dizer que tem gente que morre de amor. E eu acredito plenamente nisso. Como você explica aqueles casais que estão juntos há 50 anos? Ela morre e poucos meses depois ele morre também. Morre de saudade, de desgosto, de tristeza por ter perdido o norte, o refúgio, o porto-seguro. Morre porque está sem saber o que fazer com a própria vida, com os passos, com os dias, com o coração. Morri de amor por você. E ressuscitei. Foi difícil. Não sentia os dedos dos pés, a garganta, não sentia nada. Você ficou com o meu coração na mão e fiquei sem nada. Um vazio tomou conta. Mas acho que todo mundo que perde alguém se sente assim. Um vazio enorme. Aos poucos, ele é preenchido com amigos, leituras, passeios, trabalho, afeto de gente querida. Só que nada substitui aquela que era pra ser a pessoa exata.

Quando o amor da nossa vida vai embora dá vontade de ir embora também. Só que não adianta mudar de cidade, de estado, de país, de nome. Acho que não adianta nem trocar de sexo. A dor fica cravada no peito, feito faca. E não dá pra tirar, nada cura. Só o passar dos dias. Não dá pra sair correndo, a dor nos pega pelo pé. Não dá para tapar os ouvidos e os olhos; ela grita alto e nos faz acordar.

Não tem jeito. Não existe forma de tirar de dentro o que não quer sair de forma alguma. Ah, se desse para arrancar os sentimentos a vida seria tão mais simples. Não existiria sofrimento. Era só depositar no lixão mais próximo tudo o que você viveu com a pessoa, tudo o que restou e seguir do zero para, então, quem sabe, embarcar em uma nova aventura, viver tudo de novo, renascer com uma visão diferente, um amor diferente, uma esperança diferente, uma vontade diferente. Mas nem tudo é eterno. Nem mesmo o amor. Um dia ele termina, pode acreditar. E você tem que se virar. Sozinha.

Por favor, não me leve tão a sério. Estou ferida e quando estamos cinza por dentro acabamos falando essas coisas. O amor vai até onde tem que ir. Até onde os dois querem. Até onde se propuserem a lutar. O amor dura para os fortes, para os que não têm medo de passar por obstáculos, por rotina, por empecilhos, por dificuldades e, também, por infinitas alegrias. Mas para mim ele não durou.

Perdi ele para a vida

Aprendi desde cedo que na vida perdemos e ganhamos. É natural. Não tem graça ganhar sempre. Mas lembro que tinha uma colega, a Juliana, que era tão bonita, tinha o cabelo preto, os olhos verdes, fazia *ballet* e era superpopular. Além disso, ela era rica. Todos os meninos da escola queriam dançar com a Juliana nas "reuniões dançantes" (assim eram chamados os bailinhos de garagem no meu tempo – acho que entreguei minha idade). A Juliana, além de linda, poderosa e popular, ganhava sempre. Nunca entendi aquilo. Nunca fui feia, mas não era popular na escola. Era sardenta, branca, sentava na turma do fundo e meu cabelo variava muito. Logo que nasci, era loiro quase branco. Depois, ficou um loiro quase ruivo. Depois, fiz luzes e mechas para clarear. E quando decidi deixá-lo da cor natural novamente, surpresa, tem dias que está loiro, em outros está ruivo. Desculpe, me perdi em assuntos capilares. Eu não era popular, mas a Juliana era. E ela sempre ganhava. Já eu...

O primeiro menino que gostei tinha namorada. Ele era gentil, bonitinho, me fazia rir e tinha um sorriso meigo. Eu tinha 13 anos e ele 17. Nunca nos beijamos. Ele me escreveu cartas lindas. Escrevi cartas lindas para ele. E não passou disso. Isso tudo aconteceu em um período em que ele e a namorada tinham terminado. Depois, eles voltaram e ela engravidou. Fiquei chupando o dedo. Sofri. Sofri aquele sofrimento adolescente. Lembro que cheguei a vomitar quando soube que eles iam ter um bebê. Vomitei de tristeza. O segundo menino que gostei não lembro. Nem o terceiro. Nem o quarto. Mas era um por semana. E eu sempre achava que ia morrer. É que sempre fui dramática, então tudo era excessivo. Teve o Paulo, da escola. Também teve o Gustavo. O Guilherme. O Rodrigo. Eu era muito apaixonada por eles. Até que eu cresci e descobri que aquilo tudo era muito pequeno.

Cansei de perder. Porque eu sempre perdia. Foi aí que conheci Ele. Pela primeira vez, ganhei. Me ganhei. Ganhei uma vida mágica, encantadora. De vez em quando eu me beliscava para ver se aquilo tudo era de verdade. Quantas noites passei em claro, deitada no sofá, sonhando com aquele rosto que nem era bonito, mas que para mim era perfeito. Quantas vezes eu me perguntei será que mereço tanta felicidade? Então, lembrei do que aprendi cedo: perdemos e ganhamos. A Juliana ganhava sempre, eu perdia sempre. Agora é minha vez de ganhar também. Agora é o meu Momento Juliana.

Chegou o dia vinte e sete de novembro. O telefone tocou, apressado. Era tão cedo, pensei que era Ele. Mas não era. Minha voz estava tímida, não queria sair. O empresário dele me deu a pior notícia que já pude receber na vida. Ele morreu. Ele morreu. Eu o perdi para a vida. Não, não foi para a morte. Nosso amor existia, era tão vivo, tão puro, tão bonito, tão real!

A vida quis que fosse assim, me disseram. Mas eu não queria que fosse assim. Não era justo. Não era possível. Não era para ser desse jeito. Não podia me conformar com aquela notícia e ficar assim, de braços cruzados. Fiquei atônita. Não chorei. Ele

morreu e não derramei uma lágrima. O meu amor morreu e eu não tive que tomar calmante. A minha felicidade se foi.
 O enterro era no outro dia. Eu fui. Não acreditei naquela imagem ali. Ele, no caixão. Ele, de terno preto e gravata vermelha. Ele, que parecia estar dormindo. Senti vontade de sacudir e dizer: ei, acorda, não me deixa aqui com essa tristeza. Não fiz por medo de me acharem louca. Fiquei ali durante todo o velório, olhando fixamente para ele, sem reação. Cadê a lágrima? Cadê o grito? Cadê? Eu estava oca, vazia, seca por dentro. A dor era tamanha que congelou qualquer reação.
 Vi o caixão dele descer para baixo da terra. Vi a terra cobrir cada pedaço do que um dia foi meu. Voltei para casa. Comecei a olhar nossas fotos. A camiseta dele estava em cima da cama. Peguei e coloquei contra o peito. Foi aí que comecei a soluçar. Que dor, que dor, que dor. Que vida é essa? Que Deus é esse que tira quem amamos assim, do nada, sem pedir licença? Que mundo é esse que leva nosso amor?
 Eu só queria dormir. Dormir e nunca mais acordar. Eu só queria chorar. Chorar até secar cada lágrima. Chorar até sumir a dor que invadia meu corpo, minha alma, minha vida. O que fazer com tantos sonhos? O que fazer com a nossa vida interrompida? O que fazer com os beijos que não demos? Com as viagens que não fizemos? Com os planos que não concretizamos? Com o amor que existia?
 Certas coisas não têm explicação. Uma pessoa é colocada no nosso caminho, muda nossa vida, nossa direção, nosso rumo. E depois é tirada sem aviso prévio. Acredito que tudo tem um porquê. Hoje podemos não entender, mas o amanhã pode trazer muitas respostas. O jeito é esperar. E descobrir uma forma de amenizar o sofrimento para poder viver com menos dor.

Frases perdidas

Eu gosto de você
Exatamente do jeitinho que você é
Sem tirar
Sem colocar
E sem trocar nada
Pra mim você é perfeito

Se eu pudesse
Correria até você agora
E diria que por mim
Eu passaria o resto da vida
Te fazendo poesia
Olhando pro seu rosto
Procurando frases perdidas

Beijando seus olhos pequeninhos
Olhando pra sua boca
Procurando palavras escondidas

Eu amo você
Exatamente como você é
Hoje eu digo que não te troco por ninguém
No fundo eu já sabia disso

Mas o medo de falar era grande
Deve ser porque o meu amor é maior que tudo
E mesmo assim não consigo mostrar tudo isso pra você

Continuo procurando frases perdidas
Em seus olhos pequeninhos
Continuo procurando a sua boca
Na esperança de encontrar palavras escondidas
Finalmente sossegar em seus braços
Enchê-lo de beijos e olhar a lua cheia
E sei que ela irá iluminar
Os seus olhos pequeninhos
E o amor que eu sinto há muito tempo
Por você.

Meu coração na contramão

Não quero mais fugir da realidade e fingir que você não é nada. Sei que não vai resolver abrir o coração, mas pelo menos vou ficar em paz com minha consciência (não é isso o que importa no fim das contas?).

Você, sem dúvida, sempre vai ser o cara mais importante da minha vida. Meu coração nunca bateu tão rápido. Minhas pernas nunca ficaram tão bambas. Nunca fui tão feliz quanto naquele curto tempo em que passamos juntos.

Eu, sem dúvida, vou levar esse sofrimento tatuado para sempre na pele. É que é difícil conhecer uma coisa boa e depois ser obrigada a se despedir dela. Você podia ter tentado mais, eu também. Só não sei se valeria a pena, se daria certo. Mas tenho certeza de que podíamos ter feito mais. Mais tentativas, mais sinceridade, mais vontade. E podíamos ter sido menos. Menos arrogantes, menos impulsivos, menos covardes.

Me lembro com carinho de você. E, eu confesso, toda vez que escuto aquela música sinto meu nariz arder. Meu nariz sempre arde quando tento evitar o choro. Por muito tempo chorei a cada vez que lembrava do seu rosto.

Hoje consigo pensar em você e ainda sorrir. Finalmente consegui. Mas que vitória é essa? Não quero reconhecimento, tampouco uma medalha para carregar no peito. Só queria que a vida tivesse sido mais bondosa comigo e com você. Que os dias não tivessem sido tão apressados. Que tivéssemos sido mais maduros.

Fui muito dura comigo mesma. Me culpei por não conseguirmos seguir em frente. Mas seguimos. Separados, é verdade. Separados, porém felizes. Você é feliz? Queria muito que fosse. Porque eu sou quase, quase feliz. Ainda levo – e sempre vou levar – uma breve tristeza. É uma tristeza que conta a nossa história.

Toda vez que eu bebo conto como nos conhecemos. É inevitável. E toda vez que bebo sinto vontade de ligar pra você e pedir um último beijo. Não tivemos um beijo de despedida, um abraço de despedida, um olhar de despedida. Eu odeio despedidas, mas queria tudo isso para poder lembrar. Não lembro quando foi a última vez que senti seus lábios nos meus. Muito menos a última vez que ouvi sua voz.

Quer uma verdade? Lágrimas escorrem pelo meu rosto agora. Lágrimas de mãos dadas. Não precisava ter sido assim. E hoje me machuca saber que existe essa distância imensa entre nós. Queria que pensasse em mim de vez em quando. Não pense que não quero a sua felicidade. Quero muito. Mas gostaria de saber que fui tão importante para você como você foi, é e vai continuar sendo pra mim.

A cartomante

Não sei por que mulher tem mania de cartomante. Aos 15 anos, uma cigana leu minha mão. Ela disse que eu ficaria grávida aos 18. Mas eu nem tinha transado com essa idade, então seria impossível engravidar.

Como sempre tive a triste mania de querer adivinhar meu futuro amoroso, passei por diversas cartomantes. Já viajei alguns quilômetros atrás da "melhor cartomante do momento". Já gastei rios de dinheiro com isso. Já levei susto com galinhas saindo debaixo de sofás. Já passei por poucas e boas. Apesar de curiosa, sempre tive um pouco de medo dessas coisas. Imagina se a mulher incorpora na minha frente? Já aconteceu e não foi nada agradável. Mas vale tudo para saber o futuro do coraçãozinho, não é mesmo?

Uma vez, uma cartomante disse que eu atraía muita inveja. Por isso, seria difícil ter um parceiro para a vida toda. Me assustei, afinal, sempre quis um amor desses de viver junto, ter uma casa, acordar todo dia ao lado, fazer café da manhã e dar beijinho de bom-dia. Quem não quer?

Sei que a vida é diferente da vida dos personagens da novela das oito. Por isso, me conformo e aceito numa boa. Bem que eu queria acordar sempre com o cabelo bom e amigo. Mas ele é rebelde e de vez em quando apronta. Também queria não me preocupar em trancar as portas, já viu que em novelas eles nunca trancam? Bom, mas voltando ao assunto, sei que a vida não é coisa de novela. Mas a minha é uma tragédia. Nada dá certo. Minhas amigas vivem bem, obrigada. Todo mundo se deu bem. Todo mundo namora. Algumas têm filhos. Daqui a pouco outras terão netos. E eu aqui nessa pindaíba desgraçada. Por que eu atraio inveja, dona cartomante? Por que não posso ter um parceiro para a vida toda? A minha mãe acha que sou muito bocuda. Falo dos planos, saio abrindo a vida. Isso não é legal, pois nem todo mundo quer o nosso bem. E, mesmo sem querer, alguém pode lançar um olho obeso para cima dos nossos desejos. Será que é isso? Será que tenho que fazer a linha muda a partir de agora?

Parei para analisar: todo mundo que se dá bem não anuncia aos quatro ventos como a vida está maravilhosa. As pessoas ficam quietinhas, vivem bem, têm a pele boa e estão sempre com os olhos sorrindo.

Acho que vou começar a agir assim a partir de agora. Espero que apareça logo algum motivo para sorrir de cantinho. De boca fechada, é claro.

De braços cruzados

É a última vez que vou tocar no seu nome. Estou falando sério. Eu já devia ter superado. Devia ter superado tão rápido como você superou. Aliás, nunca vi tamanho poder de superação, hein?

Essa velocidade me fez crer que fui um brinquedo em sua vida. Um passatempo de verão. Deve ter sido isso, pois em pouquíssimo tempo você já estava praticamente casado com outra pessoa.

Logo que eu te conheci pensei que ia me ferrar. Fui tão honesta que te disse isso com todas as letras. Você riu, passou a mão no meu cabelo e me chamou de exagerada. Exagerada, eu? É claro que sou! Mas eu senti uma vibração. A vibração da ferração. Sabia que ia dançar. E dancei. Dancei todas as músicas, dancei todas as danças, dancei legal.

Fiquei chateada quando vi sua foto no jornal. Camisa linda. Eu que te dei. E você estava abraçado com ela. Aquela magrela sem graça, sem sal, sem nada. Achei um desaforo sem fim. Fiquei tão puta que piquei em pedacinhos a foto. Depois, como boa impulsiva, colei parte por parte para analisar de novo a foto. Por que nos martirizamos tanto?

Ainda tenho as suas mensagens arquivadas no meu celular. Era para termos sido tão felizes. O que deu errado nesse percurso maluco? Sei que tive minha parcelinha de culpa. Mas você foi um babaca e me perdeu. Acho que você quis me perder, não é possível. Como pode um homem dizer que quer muito uma mulher e deixá-la ir embora? Você cruzou os braços, me deixou ir, nem me pediu para voltar. Acho que não fiz falta, já que em um tempo recorde você refez a sua vida. Uma vida bacana, uma vida que seus amigos acham legal, uma mulher que não rebate, não abre a boca para nada, nem para dizer que seu cabelo está desgrenhado. O que você viu nela? Ela não incomoda. Ela é quieta. Ela não é implicante. Ela não é geniosa. Ela não tem personalidade. Ela não sou eu. E isso me incomoda.

Por muito tempo eu chorei me perguntando o que ela tinha de tão especial assim. Por muito tempo eu chorei querendo ser ela. Querendo ser ela. Entende isso? Eu quis ser outra pessoa. Eu quis ser outra pessoa por sua causa. Para ficar com você. Para fazer você feliz. Para simplificar as coisas.

Queria ser importante para você. Acho que nenhum homem entende isso: uma mulher só quer ser importante, única, diferente. Só queria que você me admirasse e me quisesse. Mas você desperdiçou todo o amor que eu tinha para dar. Abriu a janela e deixou o vento levar tudo.

Não posso ser ela. Hoje eu não quero ser ela. Quero ser eu. E se isso não basta é melhor mesmo que você fique aí com sua vida de mentira e com sua mulher de mentira. Não gosto de brincar de Pinóquio. Eu quero é realidade.

A preguiça do recomeço

Um relacionamento termina por mil quinhentos e nove motivos. Se engana quem pensa que uma relação acaba só por falta de amor. O amor é bonito, coisa e tal, mas não sustenta nada. Existem muitas coisas envolvidas em um romance de qualquer espécie.

Quando acaba, além de toda aquela tristeza azeda do fim, prometemos nunca mais gostar de alguém de novo. Para não sofrer. Para se proteger. Para nunca mais se envolver. E para não ter que recomeçar.

Dá muita preguiça fazer o outro te descobrir. Dá um trabalhão desvendar o outro. Descobrir os gostos. Adquirir a tal intimidade. Obter a bendita cumplicidade. É claro que os começos são gostosos, dão frio na barriga e milhares de borboletinhas no estômago. Mas ele é muito trabalhoso. Exige dedicação, empenho, vontade de seduzir o outro.

No começo, todo mundo é legal, cheiroso, bonito e inteligente. Com o tempo, as coisas vão aparecendo. Com o tempo, você tem mais espaço para ser você mesmo. Com o tempo, você se sente muito mais à vontade para falar o que dá na telha, sem medir as palavras. Você não se importa em usar aquela meia furada. Você se dá ao luxo de não fazer escova todo santo dia. Você se mostra como é, pois tem a certeza de que o outro está na sua, que gosta de você e que não vai te deixar por não saber de cor a Fórmula de Bhaskara. Você perde o medo de errar, perde o medo de não usar corretivos, truques e disfarces. Você é cru. E se deixa descobrir aos poucos. É uma sensação gostosa. Para quem está disposto, é claro.

Acabamos nos fechando depois de algumas decepções, o que é muito natural. Você começa a pensar em tudo o que existe pela frente. Conhecer alguém, obter intimidade, descobrir os defeitos dele, apresentar os seus (essa apresentação dos defeitos em alguns casos é um pouco traumatizante, já que as pessoas têm defeitos de origens bem estranhas), constituir uma base sólida. E aí começa a mostrar os pequenos detalhes. Você odeia encher a forma de gelo. Não gosta de secar louça. Não tem paciência com quem corta cebola devagar. Detesta o cheiro de goiaba. Não gosta de usar a pasta de dentes quando está no fim. Tem preguiça de trocar o rolo de papel higiênico quando termina. Às vezes, deixa a calcinha pendurada no box. Adora pijamas com motivos infantiloides. Dorme com a televisão ligada. Prefere os números pares. Acredita em astrologia quando está com vontade. Acha babaquice acreditar em extraterrestres. Não gosta de esmaltes claros demais nas mãos. Prefere água com gás. Não gosta de cerveja preta. Prefere moscatel a *brut*. Gosta de drinks coloridos e com nomes diferentes. Nunca contou carneirinhos para dormir. Faz pedido para a primeira estrela que aparece no céu. Faz pedido quando o relógio marca 22:22, 23:23, 16:16. Pensa se-o-telefone-tocar-cinco-vezes-até-eu-atender-tal-coisa-vai-acontecer.

Então você dá um suspiro profundo. É muita coisa. É muita coisa mesmo. Que preguiça começar do zero. Que preguiça construir outra relação. Que preguiça viver tudo de novo. Com uma pessoa nova. De um jeito diferente.

Por isso, você decide ficar quietinha, na sua, sem procurar nada nem ninguém. Mesmo porque nada vai substituir sua relação anterior e você precisa de um tempo para curtir a fossa e ressurgir mais forte e curada. Você fica quieta, na sua, sem procurar nada nem ninguém. Repete a frase cem vezes até virar mantra. Até que alguém aparece e tudo recomeça sem que você perceba.

sem retoques

Durante algum tempo, me senti fora de mim. Antes que você pense que estou bêbada, sob o efeito de alucinógenos ou com algum sintoma de esquizofrenia, explico: eu não me sentia confortável com meu jeito de ser.

Acho que passamos boa parte da vida tentando descobrir quem somos. Existe uma fase em que achamos que temos que provar algo para alguém (pode ser pai, mãe, tio, professor, amigo). Já tentei agradar a outras pessoas inventando uma espécie de personagem. É chato, dá trabalho, cansa, e no fim do dia, nos sentimos uma farsa, quase um lixo.

Já disse que gostava de futebol para um cara que era louco pelo Grêmio. E olha que eu não sei o que é impedimento (já tentaram, inutilmente, me explicar mais de cinco vezes). Já disse que ia terminar a faculdade de Direito para agradar a minha mãe (não consegui e larguei na metade) e a de Psicologia para agradar meu pai (não consegui e larguei um ano antes de me formar). Já disse tanta coisa e depois me arrependi. Já fiz tanta coisa só para gostarem de mim. Pura carência. Puro medo de não ser aceita. Puro engano.

Até que chegou uma hora em que eu decidi ter um papo bem sério comigo mesma. Eu me chamei num cantinho e disse: escuta aqui, você está querendo enganar quem?

Passamos a perna em nós mesmos constantemente. E o pior: sem a menor vergonha na cara. E fazemos de novo, de novo, de novo. Até a hora do basta. Acredito que a Hora do Basta é aquela hora em que o mundo para um segundo de girar, uma luz forte e assustadora se acende bem na nossa fuça e entendemos o que diabos estamos fazendo no mundo. Porque todo mundo aqui tem uma missão. É ou não é?

Não dá para viver de aparências. Somos o que somos. Sem máscara, sem fingimentos, sem esforço. Mas isso eu só entendi depois de algum tempo. E foi aí que comecei a viver de verdade.

Quer saber quando as coisas começaram a dar certo? Quando decidi que ia viver minha vida de modo que quando eu deitasse a cabeça no travesseiro me orgulhasse a cada segundo de erro por erro, acerto por acerto, defeito por defeito, qualidade por qualidade. Sem o menor medo, sem o menor pudor e com o maior respeito, não por uma imagem que criei, mas por uma essência que é natural e sem retoques.

E eu sou assim como você vê: sensível ao extremo, dramática até dizer chega, um pouco sem paciência com lerdeza, dona de um humor matinal quase azedo, com um caminhão de defeitos chatos e outros tantos incorrigíveis, mas com uma franqueza no tom da voz e no brilho do olhar. Se você não gosta do meu natural, tudo bem, é direito seu. Não vou me maquiar na tentativa de você gostar de mim.

A necessidade do pra sempre

"E eles foram felizes para sempre". É assim que as histórias bonitas terminam (ou começam?). Não basta estar junto, não adianta viver o hoje; um dia de cada vez não é o suficiente. Queremos que dure para sempre. Tem que durar, senão não tem graça. Tem que durar, senão significa que fracassamos. Tem que durar, senão não valeu a pena.

Sou mulher, acredito em final feliz. Desculpe, eu acredito. Mas quer saber? Não quero viver no sonho, quero um amor real, não um amor de cinema. Porque no cinema tudo é retocado. É a vida real que mostra você e ele acordando com o cabelo bagunçado, bafo matinal, baba no travesseiro, rímel borrado, humor revirado, contas empilhadas, lençol amassado, roupas espalhadas num canto qualquer.

Amar é aceitar a parte fora do lugar do outro. O lado obscuro, sujo, quase cruel. Porque ninguém é santo, puro e limpo o tempo inteiro. Nunca quis que as coisas fossem perfeitas, pois o que é perfeito não tem cheiro de real.

Vivemos buscando garantias. Queremos que dê certo, queremos fazer dar certo, lutamos para colocar tudo nos trilhos, nos eixos. Mas a vida segue seu ritmo. Os sentimentos têm seus próprios passos de dança. E, de vez em quando, somos obrigadas a ensaiar um novo passo.

Nem sempre dura. Nem sempre é eterno. Nem sempre é como um sonho bom. E precisamos lidar com isso. Nem que seja na marra. Nem que tenhamos que engolir o choro e, de vez em quando, forçar um ou outro sorriso. Nem que tenhamos que fingir que está tudo bem.

Eu gostava muito de você. Era tão bonito, era tão intenso. Acreditava no pra sempre. Imaginei uma casa, uma família, uma coisa só nossa. Um esconderijo, um refúgio, um paraíso.

Cada vez que eu pensava em você me dava um calorzinho no peito. Cada vez que o abraçava o mundo parava de rodar por um segundo. E eu achava que aquilo era amor, achava que aquilo era o certo, achava que éramos certos um na vida do outro. Mas não foi. Não fui. Não fomos. Não somos.

Você foi para um lado. Eu para o outro. Não chegamos nem perto do sempre. Mas teve graça e valeu muito a pena. Valeu, sim. Não fracassamos, claro que não. Deu certo até onde tinha que dar. Foi eterno até o dia em que deixou de ser. Não ficou nenhuma mágoa, nenhuma vontade, nenhuma saudade.

O que importa é a forma como vivemos e continuamos vivendo um sentimento. Não importa que nome ele tenha. Não importa se é um amor, um estar apaixonado, um gostar. O que importa é querer que aconteça. O que importa é querer que seja bom. Não importa se vai durar um dia ou uma vida inteira.

(Todo mundo quer que seja pra sempre, mas se não for o futuro vai dizer. Se não for o amanhã nos manda um recado. Mas, pra saber, só vivendo e se entregando como se ele, o famoso amanhã, não existisse.)

Talvez seja muito tarde, o inverno passou
As flores estão por todos os lados
Mas talvez seja tarde, já é noite
E você ainda não veio
Meu endereço é o mesmo
E parece que nada aqui dentro mudou
Apesar do passar dos anos
Rápido, devagar
Ainda estou no mesmo lugar
Esperando, esperando
Para, quem sabe, caminharmos lado a lado em busca de nós mesmos.

Ah, o adormecer!
O corpo na horizontal e o pensamento passeia
por todos os lugares
Se esconde em cada canto
Para se achar em todas as partes de você

Todo dia é dia para adormecer
Todas as noites são curtas demais
Para todo esse sentimento contido no peito
Que mais parece um balão
E está prestes a estourar

De tantas emoções encontradas e desencontradas
Achadas, perdidas
Cheias, vazias

Ah, o adormecer!
Noite, dia, madrugada, pouco importa
Bom mesmo é fechar os olhos e viajar para bem longe
Bem mais perto de você
Melhor tê-lo em sonho
Do que perdê-lo de vista.

Lembro do seu cabelo bagunçado
Do seu olhar receoso
E encantado
Da sua voz suave
Palavras cheias de carinho
E promessas
Você prometeu que não me magoaria
Que meu coração não seria partido
E que eu não acabaria sozinha

Ainda sinto o seu perfume
A maciez dos seus lábios
Delicadeza das suas mãos
Sutileza do seu toque
Palavras cheias de carinho
E promessas
Você jurou que não me magoaria
Mas meu coração foi partido em um milhão de pedaços
Onde está você?

Os dias eram sempre iguais
Mas algo mudou
Os dias permanecem os mesmos
Mas existe você
Tudo que lembra você
Acompanhado de todas as cores e luzes do mundo
Com todos aqueles meus sonhos dentro dos livros

Não tenho pressa, baby, a vida vai e vem
Tenha calma, as coisas se encaixam
E, de repente, podemos perceber que nascemos
um para o outro
Por que não podemos acreditar nisso?
Quero você de verdade,
Quero que seja verdade.
Quero que seja verdade,
Quero você de verdade.

Sinto a sua falta.
Do seu cheiro.
Do seu gosto.
Do seu rosto.
Dos sonhos que sonhamos juntos.
Dos recados no espelho do banheiro.
Das suas roupas no armário.
Do jeito que você mexia no meu cabelo.
Do seu sorriso maroto.
Do seu olhar caloroso.
Das noites frias na frente da lareira.

Sinto a sua falta.
Do seu beijo.
Do seu gosto.
Do seu rosto.
Sinto a minha falta.
Falta do que eu era.
De como eu me sentia.
Do que eu queria.
De como eu te via.

Sinto a tua falta.
Do seu cheiro.
Do seu beijo.
Do seu gosto.
Do seu rosto.
Falta do teu amor.
Porque hoje só resta a minha dor.

Ilusão pensar que os sonhos ainda podem se concretizar
Ilusão achar que podemos tocar as estrelas do céu
Ilusão crer que somos mais fortes que tudo e todos

Invencíveis
Imbatíveis
Inatingíveis

Ilusão acreditar em dias de sol e noites de luar
Ilusão tentar invadir a sua alma e tomar conta do seu coração
Ilusão fornecer abrigo e calor
Ilusão apostar no futuro e renegar o passado

Ilusão desacreditar em verdades e se apegar a mentiras
Ilusão se debruçar no passado em busca do que já foi perdido
Ilusão querer tudo e não possuir nada
Ilusão sonhar com lindos romances, castelos de areia e contos de fadas
Ilusão... é pensar que se vive de ilusão.

Este livro foi composto com tipografia Electra LH e impresso
em papel Off-White 90 g/m² na Formato Artes Gráficas.